新装版

ジャックナイフ・ガール

深町秋生

宝島社
文庫

宝島社

【目次】

新装版 ジャックナイフ・ガール

インタビュー1

あ、なんだって？　〝切り裂き〟のことが知りたいだと？　てめえバカじゃねえのか。何者だ。

東京のフリーライター？　あいつの伝記でも書くつもりか。止めとけ、止めとけ。仙台くんだりまで来て、ご苦労なこったが、下手に首突っこみゃ、お前もズタズタに切り裂かれるぞ。

だから、おれんところに訊きにきたってのか。あ？　簡単に教えるわけねえだろ、タコ。そりゃ、あいつのことを一番知ってるのは、このおれだ。なにしろ、あいつがガキだったころから追いまわしてるからな。

……しつけえな、てめえ。わかったよ。あいつのガキのころのことなら話してやる。その代わり、あいつに関する新情報を摑んだら、おれにすみやかに教えるんだぞ。〝切り裂き〟マヤか……どっから話してやりゃあいいのか。この話は知ってるか？　山形のド田舎で大暴れしやがったのさ。

スラッシュ&バーン

1　桐崎マヤと収容所

喉の奥がゴロゴロする。羽虫が暴れているような——。

桐崎マヤは咳きこみながら目を覚ました。ゴホゴホやるたびに、喉が擦り切れるように痛む。身体が揺れるたびに、ヒビの入ったあばら骨が悲鳴をあげる。本人の意思とは関係なく出る咳は、マヤに手ひどいダメージを与え続ける。

最悪の目覚めだ。口内のあちこちが裂け、血の塊がぬたぬたと舌にからみつく。痛みは喉やあばらだけじゃない。パンチをもらった頬骨と顎がグラグラだ。瞼が腫れているせいか、左目の視界がやけに狭い。さぞや美しい顔になっていることだろう。拷問みたいな咳が鎮まると、肩で息をしながらマヤは思いつくままに叫んだ。ピンク色に染まった唾が飛び散る。

「ふざけやがって！　みんな、ぶっ殺してやる！」

フクロにされるのは初めてじゃない。おなじみの痛みではある。全身が炭火で炙られているかのようにじりじりした。パラパラと土くれがこぼれる。胸まで届く自慢の黒髪には、乾いた薄茶色の泥がへばりついていた。着ていたライダースジャケットや、赤の革製パンツも汚れきっている。ポケットに触れたが、財布や携帯端末もなくなっている。
クリーム色のリノリウムの床に手をつきながら、マヤは罵倒（ばとう）と呪詛（じゅそ）を放ち続けた。床を見すえながら。

「ていうか、ここどこだよ」

フクロにされて気を失った。それからどこかに拉致られたのだ。苦痛と怒りで我を失っていたが、ようやく落ち着きを取り戻す。鼻に生き物の生々しい臭気が届き、マヤは低くうめいた。ポンコツと化した身体を無理やり起こす。

マヤはあたりを見渡した。がらんとした大部屋だった。クリーム色の床とホワイトの壁。まるで病院のように見えたが、病室にしては大きすぎる。マヤから見て左側には複数のサッシ窓――床と同じ色の鉄格子がはまっている。右側の壁にはドアが設置されているが、その扉にはノブがない。刑務所（ムショ）のドアを思わせる。

正面には黒板が設置されていて、ここが元は学校の教室だったのだと悟る。黒板の上には、〝明るく元気な大国（おおくに）の子　今日も勉学、運動に励みます〟と、筆文字で書かれたスローガンが貼ってあった。

元教室のなかには、どういうわけか小さな簡易ベッドが所狭しと置かれている。まるで野戦病院か難民キャンプのような有様だ。そのベッドに、トレーナーやドテラを着た人間たちが身を横たえている。多くの視線が彼女に注がれていた。マヤは思わず身構える。

すばやく数を勘定する。そこには男が約二十人。ただしマヤをボコった連中とは違い、彼らの目には殺気がない。怒気もない。大声でわめくマヤを、怯えたように遠くから見つめている。

認知症を患っている者もいるらしく、部屋にいる全員が年寄りだった。闖入者であるマヤに気づかず、天井をぼんやりと見上げながら、ベッドに寝そべっている老人もいる。マヤの罵声に反応したのか、おうおうと赤ん坊みたいなうめき声をあげて、手足をばたつかせる者もいる――シートベルトのようなストラップで、身体の自由を奪われている。

老人たちの目はどんよりと濁り、顔は土気色をしていた。栄養価を無視した食生活を送っているからか、運動をまったくしていないからか、おおむね不健康そうに肥えている。着ているものは食べ物の汁や垢で汚れていて、いつ洗濯したのかもわからない。散髪はされているようだったが、風呂にも入っていないらしく、頭髪はごわごわと波打っていた。

筆文字のスローガンとは対照的な風景が広がっていた。暗く不健康で、死の気配が濃密に漂っている。部屋の誰かが小便を漏らしたのか、アンモニアの臭いが鼻をつく。

「んだよ……ここ」

鏡餅のような体型の年寄りたちは、びくびくと震えるだけで、マヤに近づこうとしない。ボロ雑巾のように痛めつけられた気の毒な少女がいるというのに、冷たい床に放りっぱなしにしたままでいたかと思うと、むかむかして仕方がなかった。ひとりひとりの頰を平手打ちにして、活を入れてやりたかった。

「気がついたのが？」

出し抜けに背後から声をかけられた。マヤは猫のように床を蹴った。前転しながら距離を取り、声の主と向き合う。あばら骨が悲鳴をあげる。床に触れた背中や腰も。どれも執拗に蹴られたところだ。動いたのを後悔したが、反射的に身体が動いていた。

声の主もやはり老人だった。手にプラスチック製の救急箱を抱えている。マヤよりも身長は低くて小柄だったが、肩幅はがっしりとしている。他の老人たちと違い、わりと均整のとれた体型だ。頭は禿げあがっていたが、代わりに白い無精ヒゲが顎を覆っている。格好は他の老人と同じくみすぼらしい。垢じみたスウェットのジャージは、ところどころ穴が開いている。目の下には人生に疲れきったような隈があったが、瞳には理知的な輝きがあった。怯えも見られない。

「ずいぶんきれいなところだね。鼻がいいもんだから困っちゃうよ。あんた誰？」

片膝をつきながらマヤは尋ねた。白ヒゲの老人はきつい山形弁で答えた。

「あんだけボコボコにやらっで、まだそんな冗談言えんのが。おめえこそ誰だず。自分から名乗れ」

マヤは白ヒゲを睨む。フクロにされた怒りがまだくすぶっている。この部屋にいる全員に八つ当たりしてやりたいくらいだ。

　老人は救急箱を揺すってみせた。

「ちっとは感謝すろ。おめえのケガを診てやろうってんだがらよ」

「頼んだ覚えはないね」

「そっだら、自分でやれ」

　老人は口を尖らせ、救急箱をマヤに放った。床に落ちた箱は、ガシャンと音をたてる。フタが開き、消毒液の容器やカットバンの束が飛び出す。

　マヤは遠慮なく手を伸ばした。消毒液やガーゼを掴む。喉から手が出るほど欲しかった鎮痛剤――空箱があるだけで、中身は一錠も残ってはいない。

　ライダースジャケットを脱ぎ、消毒液を染みこませたガーゼを、肘や膝の傷に押しつけた。傷にしみる。低くうめきながら耐える。

　白ヒゲは、傷を負った野良猫を見るような目を向けた。

「おめえもあれだべ。ここの山さ生えてる大麻目当てだべず。たまにおめえみでえなズベやチンピラが、うちの村にのこのこやってくんだ。盗賊だのテロリストだのがうろうろする時代に、なして知らねえ土地をうろつけんだが、おれにはわからねえけどな」

マヤは革パンツを脱いだ。周りの目を気にしている場合ではない。救急箱のなかには冷感湿布が残っていた。赤くまだら模様になった太腿に湿布を貼った。

「言ってくれるじゃない、爺さん」

マヤは白ヒゲに中指を突きつけた。「収容所暮らしの老いぼれに、そんなおもしろい口叩かれるとは思わなかったよ」

2　収穫の秋20XX年

山形県の南出羽市までは、わりと快調なバイク旅だった。秋も深まり、ようやく人間が快適に生きていける気温になったから。

今年の夏もひどかった。殺人的な猛暑はもはや当たり前。今年も路上で、日干しになっている犬猫やホームレスをよく見かけた。十月の心地よく乾いた風を浴びながら、愛車のカワサキで仙台から突っ走ってきたのだ。

白ヒゲ爺さんは見事に見抜いた。そうじゃなきゃこんな山形南部の田舎になんかやってこない。

昔々、南出羽市の外れに位置する大国地区に、老いたヒッピーらがコミューンを作って住んでいた。山にいろんなハーブや野菜の種を蒔き、ついでにサティバ種の大麻を育てていたのだ。

ヒッピーたちがみんな土に還って、コミューンが消失しても、生命力の強い大麻草は山で繁殖し続け、夏になれば山はギザギザの葉っぱで覆われる。花穂も充分に膨らんで、今は収穫の時季に入っているはずなのですよ……。

マヤが血だるまにしたプッシャーがそう教えてくれた。プッシャーは、一番町の潰れた四越デパート前で、せっせとドラッグ密売に励んでいたのだが、新参者で街のルールにはひどく疎かった。ジャンキーとギャングがうろつく荒れた無法地帯だが、それなりに掟というものがある。なにも知らないプッシャーは切り裂きマヤから金を取ろうとした――彼女が黙って手を差し出せば、どのプッシャーも最上のブツを渡すことになっている。誰も自分の血のジュースを飲みたがるやつはいないからだ。

金を払う気がないマヤに、腹を立てたニューフェイスのプッシャーは、三分後には自分の血液で溺死しそうになった。溺れる者は藁をも掴む。プッシャーはクスリ売りとしてのコンプライアンスを理解しただけではなく、山形県大国産の乾燥大麻を大盛りサービスしてくれ、耳よりな情報も寄こしてくれた。

マヤは大麻に目がない。手下たちと一緒に水パイプで吸うのを好む。どいつもこいつも大麻に関しては、ソムリエみたいに口やかましいやつばかりだが、大国産のうまさには舌を巻いた。自然のなかで育っただけあって、農薬や肥料をバンバン使う促成栽培のハウスものとは違っていがらっぽさがない。その煙には太陽のぬくもりと、がつんと来る野性味があった。大国産は大好評で、その夜のうちにみんなで吸いきってしまった。

マヤは目が覚めるなり、眠りこけている手下のひとりを連れて、バイクを飛ばしてやってきた。宝探しにやってきた冒険家の気分で。

今思えば、かなりラリパッパだった。未知な土地には、思いがけない危険が潜んでいるものだ。どこの自治体も金庫は空っぽ。懐が寂しくなった警官が、小遣い銭欲しさに強盗に鞍替えする時代だ。日夜ギャングが殺し合う仙台の繁華街もスリリングだが、極貧にあえぐ田舎も状況はさして変わらない。

ついこの前も、激しい飢えに耐えかね、老いた親を煮こんで食べた還暦男が逮捕されたばかりだ。殺人強盗放火が日常茶飯事で、都会も田舎も等しく無慈悲な世界がどこまでも広がっている。どこの国も似たようなものだが、日本も素敵な状況にある。

雲行きがあやしくなったのは、南出羽市内に入ってからだった。財政破綻した村や町が合併してできた貧しい土地。行政サービス停止中の田舎町だ。かつては田んぼや畑だったと思しき雑草だらけの荒野を眺めながら、バイクをかっ飛ばした。

マヤも、とある田舎で生まれ育った。だからか、その光景が懐かしく感じられる。

海に近い集落に住んでいたのだが、あの大震災で家族全員を失くしてしまった。親戚たちも大震災で住居や家族を失った者が多く、児童養護施設に預けられた。収容所と呼ぶしかない劣悪な環境のうえ、子供に保険をかけては、指や耳を削いで保険金をせしめる非道な施設長が仕切っていた。マヤの指を切断しようとした施設長だったが、逆に野郎のツラと目をカッターで切り裂いた。それがアウトローとして生きるきっかけとなった。

昔の思い出に浸りながら、山奥の大国地区を目指したが、途中で行く手を阻まれた。ヒビだらけの県道を走っていたら、道路の上に巨大な丸太がどんと横たわっていた。

カワサキが丸太の前で停まったとき、二人の初老の男が道路脇の茂みから姿を現した。

マヤは、後ろのシートのユミの膝を叩いた。血の気の多い大女で、ボディガードにはもってこいだが、そのときはまだラリったままで、さっぱり役には立たなかった。

「しおしおのぱー」などと唱えながら、ヨダレをたらして空を見上げている。

「このバカ」

マヤはヘルメットを外して二人組と向き合った。二人とも、さっきまで農作業に従事していたかのような、汚れたオーバーオール姿だ。ひとりは農機具メーカーのロゴが入ったキャップをかぶり、もうひとりは胸元のチャックを下ろし、金色のネックレスを見せびらかしている。

手にはそれぞれ武器があった。キャップ野郎は、メキシコの山賊が持ちそうな厚い刃の山刀。金ネックレスのほうは、スレッジハンマーをぶらぶらさせている。風呂に入ってないのか、きつい体臭と焼酎の臭いがした。

「あんれまあ！」

キャップの男が口をもぐもぐ動かしながら叫んだ。「ずいぶん若え娘っ子が捕れたでねえが。んねが？　ひろちゃん」

金ネックレスがキャップの胸を小突く。

「おめ、名前呼ぶでねえよ」

「構わねえべよ。ほれ、見ろ。あだな若いのは久しぶりだべ。おっぱい、ぱつんぱつんにはち切れそうだどれ」

キャップは無遠慮に、バイカー姿のマヤを指さした。ヤニで黄色くなった歯が覗く。

「馬のたてがみてえな髪だべ。おれはああいうのに弱えんだよ。ムスコをブラシみてえになでられんのが好きでな」

金ネックレスがうなずく。

「ずっと鶏とやってばっかだがらな。人間のメスでおっ勃つかどうか、心配だなや」

二人は下卑た笑い声をあげた。マヤはさめた声で尋ねた。

「……なにかご用？」

「ご用だってよ、ひろちゃん！」

「んだがら、名前言うなず！」

キャップは腹を抱えて笑ってから、おもむろにマヤの胸に山刀を突きつけた。

「おめえにはねえな。おっぱいと財布に用はあっけどよ」

「それとバイクもだ。なかなかめんこい顔してるでねが」

金ネックレスは大ハンマーを股に挟み、鉄のヘッドをなで回した。

神仏をまるで信じていないマヤだったが、ごくまれに女に生まれたことを感謝したくなる。女を前にすると、男は勝手に闘志をなくす。

金ネックレスの言葉にキャップは同意する。

「んだな。こりゃ上玉だど――」

言葉を言い切らないうちに、キャップは口を封じられた。黄色い前歯が吹き飛ぶ。マヤが投げつけたヘルメットが、キャップの顔面を直撃した。キャップの目が、ＴＫＯ寸前のボクサーのように虚ろになる。

マヤは、ジャケットの袖に隠していたシースナイフを抜いた。キャップに近づき刃をきらめかせる。やつの右手首がぱっくりと裂ける――白い骨が見えるほど。温水洗浄便座の噴水みたいに、血液が放物線を描く。キャップは山刀を取り落とす。ツナギがまっ赤に染まる。

遅れてキャップは黄色い声をあげた。失血を食い止めようと、自分の右手を抱えるようにして覆いかぶさった。冬眠中の熊みたいに身を縮ませる。

金ネックレスが悲壮な顔をしながら、大ハンマーをマヤの側頭部めがけて振り下ろした。マヤはゆうゆうと首を傾けてかわす。ハンマーのヘッドが、マヤの黒髪に触れる。

マヤは、ハンマーの攻撃をかわしつつ、地面の上を転がった。前転しながら、ジャックナイフで金ネックレスの足首を斬る。やつはアキレス腱を切られ、自分の体重を支えきれずにバッタリと倒れた——頭頂部にナイフの柄を叩きつける。金ネックレスは白目をむく。もう好きにして、と言わんばかりに大の字となる。

マヤは血がべっとりついたナイフの刃を、金ネックレスのツナギにこすりつけ、念入りに拭き取った。ネックレスを摑む。舌打ちする。メッキが剝がれている。価値のない安物だ。

出血と格闘しながら、ひいひいわめくキャップ野郎のわき腹を、マヤはブーツのつま先で小突いた。

「財布」

キャップ野郎はわめくだけだった。マヤは再びわき腹を蹴る。サッカーボールのように。ドムっと重い音がしてキャップの身体が弾む。

「財布だせ」

「金あったら、こだな山賊みてえなことしねえべ！　おめえ、なんなのや！」

「あ、そう」

再びサッカーボールキックを見舞う。やつの頭に。二人ともすっかり静かになった。山賊どものポケットを漁（あさ）った。やつの申告は正しかった。道路脇の茂みに、軽トラックが隠されていた。金目のものは何ひとつなく、ガラクタみたいな古いケータイや飲みかけの焼酎瓶があるだけ。腹立ちまぎれに、それらを地面に叩きつけて破壊した。

「ちょっとは働け、バカ」

バイクまで戻ると、シートでラリってるユミの頬を張った。かなり強く叩いたはずなのに、ユミは相変わらず「しおしおのぱー」と煙の世界を漂っていた。

3　射殺&フクロ

マヌケ山賊を切り刻んで、それから三十キロも走らせたところに大国地区はあった。新潟との県境に位置する山奥だ。

携帯端末を使って大国地区の地図を調べた。新人プッシャーの言葉に従い、地区の西に位置する稲葉山へと向かった。そこに老ヒッピーの秘密の畑があり、山の斜面にはうっとりするほど緑の草が自生しているという。集落に入ってからは、慎重にバイクを走らせた。

道端の建物のほとんどが廃墟だ。農協や郵便局は長いこと放置されているらしく、屋根や壁の建材が腐蝕していた。食堂やラーメン屋もあったが、営業を停止してから、数年は経っていそうだ。大きなパチンコ屋があったが、駐車場には粗大ゴミがうず高く積み上げられてある。

駐在所もあることはある。なかをちらっと覗いたが、人気はさっぱりない。用がありゃ署に電話しろ、という立て札がそっけなくぶらさがっているだけだった。警官がいないのはありがたく、そこは素直に喜んだ。

雪国らしいトタン屋根のがっちりとした造りの家々。それに牛舎やサイロ。ただし人も家畜も見当たらない。田んぼや畑は雑草だらけだ。

それが現代における田舎の当たり前な風景だとしても、ポカポカ陽気であるにもかかわらず、人っ子ひとり見当たらないのが妙だった。完全にゴーストタウンと化している。限界を超えた集落ということか。年寄りをひとりも見かけない。

ときおり、潰れたコンビニや雑貨店の前で、若い男の姿をちらほら発見した。田舎なんかじゃ食っていけねえと、仙台や東京に人口が集中している。日本の都市だけでなく、ドバイやアジアの新興都市に出て行くのが当たり前の時代に、こんな寒村で若い人間を見かけるとは意外だった。若者たちは、缶ビールやチューハイを片手に突っ立っていた。マヤたちをちらっと見やるだけで、彼女らを呼び止めようともしなかった。

稲葉山はスカだった。たどり着いて、すぐにため息が漏れた。

携帯端末が指し示した山は、枯れ木と雑草がぽつりぽつり生えているだけの、彩りに欠けた山だった。ナラ枯れで木々は茶色く変色しており、中年男の頭のように地肌が露出している。大麻草どころか、食べられそうな草木は残らずむしられたような跡があった。

「ちくしょう……なんだよ、これ」

頭が回転しだしたユミの尻を叩き、宝探しに無理やり参加させた。「お腹すいた」と、そこいらの雑草をむしゃむしゃ食べ始めたので、やっぱりラリったままだったかもしれない。

三十分もうろついて、捜索を早々に断念した。サティバ種の大麻草で、しかも収穫期ともなれば、その丈は三メートル近くにもなる。そんな目立つ植物はどこにもない。

マヤは執念深い。だが早々に切り上げる気にさせたのは、集落にたたずんでいた若い男どもだった。やつらがすでに収穫したのか、それとも最初からプッシャーの話がデタラメだったのか。地区に来てから、老人の姿をひとりも見かけていないのも引っかかった。日が高いうちに戻るべきだと勘が告げた。

集落へと続く山道を下る。スピードはたいして出せない。アスファルトが剥がされたまま放ったらかしで、穴がいくつもボコボコと開いている。オフロード仕様でもない限り、おいそれと飛ばすわけにもいかない。

集落に着いたところで、勘は正しかったと判明する。道路脇のボロ家から轟音がした。それが銃声とわかったとき、後ろのユミがどさりとバイクから落下した。

「ユミ！」

マヤは急ブレーキをかけた。道路にごろりと横たわったユミは、額から血を流したまま動かない。弾丸がユミの頭を貫いていた。児童養護施設を脱出してから初めて得た友人だった。一緒にライバルの暴走族相手に殴りこんだ仲だ。腹心をいきなり失い、マヤは呆然とする。

銃声がしたほうを見る。屋根が傾いたボロ家の玄関前に、拳銃を手にした人間がいた。赤いアロハシャツを着た若い男だ。茶色く染めた頭髪を短く刈りこんでいる。カラーコンタクトを入れていて、瞳の色はアロハシャツと同じくまっ赤だ。アロハシャツの下から、和彫りの刺青が覗いている。二の腕や胸の皮膚は青々としている。

赤い目の男はにやにやと微笑んでいた。蔑みのこもった胸糞悪い笑みだ。ただしあのマヌケ山賊と異なり、目だけは冷たい輝きをたたえている。ボロ家の陰から、ぞろぞろと若い男たちが姿を現す。それは山に行く途中に目撃した、アルコール片手にたたずんでいた連中だった。その数は五人。手には木製バットやゴルフクラブがあった。路上のマヤへと近づいてくる。

いきなりの銃撃と仲間の死に動揺したが、冷静さを失ってしまえば、自分も冷たい骸（むくろ）と化す。自分に言い聞かせながら、バイクを降り、赤目と男たちを睨んだ。

「ずいぶんな歓迎ね。熊や猪（いのしし）じゃなくて、人間を狩るのが流行ってるの？　このあたりじゃ」

赤目は、西部劇のガンマンみたいにリボルバーをクルクルと回した。火薬の臭いに混じって、ヘアワックスと香水の匂いが漂う。カラコンを着用してたりと、こんな山奥でなぜそんなお洒落（しゃれ）をしているのかはわからなかった。

「山でなにか、おもしろいものでもあったか？」

「質問してんのはこっちだよ」

男たちの間でどよめきが起きる。赤目の横にいる迷彩パンツを穿（は）いた男が口笛を吹いた。品定めするようにマヤをじろじろと無遠慮に見つめた。「こりゃ上玉じゃないっすか。テイクアウトしてナニしちゃいましょうよ」

迷彩パンツは鼻の下を伸ばしている。マヤにとっては何万回も目撃したおなじみの反応だ。こちらは戦う気マンマンなのに、相手のほうはセックスの前戯のつもりでいる。その手のやつらばかりなら、いくらでも大根みたいに切り刻める。表情や姿勢に緊張が見られなかった。

ただし赤目だけは油断ならない。きゃあきゃあとはしゃぐ男たちに合わせて笑っているが、マヤの動きを注意深く見張っている。迷彩パンツの口ぶりから、やつがリーダー格だとわかる。

拳銃を持った相手なら、何度か国分町の酒場でやり合った。マヤに高級スーツを裂かれて激昂したヤクザ。酔っ払ってマヤの胸にお触りしてきたロシア人の船員などなど。手軽に死をプレゼントできる恐怖のウェポンだが、弾が当たった例はない。敵が安全装置にまごつき、狙いを定める間に、マヤはのんびり近づいて指や腱を切断できた。ヤクザはあわてるあまり、自分のつま先を撃ち抜いていた。そのときは腹がよじれるほど爆笑したものだった。

「こんな山奥で、なにを嗅ぎまわってる」

赤目の言葉には訛りがなかった。マヤの仲間を射殺したこの男を、今までの相手と同じように見るわけにはいかない。

「こっちが質問してるんだっての」

「おれの質問のほうがはるかに大事だろうが。なにせお前の命がかかってる。仲間と一緒にカラスのエサになりたくなかったら、さっさと答えることだな」

　赤目はリボルバーの銃身を掴み、銃把で自分の肩をとんとんと叩いた。その仕草はなんだかんだ言っても、マヤを女だとナメているようにも見えた。

　二人の間にある距離は約五メートル。銃を構え、狙い、引き金を引く。その間にマヤは敵をずたずたにできる。すばやく殺るなら銃より刃物だ。それが彼女の哲学でもある。児童養護施設の変態職員に寝込みを襲われたときも、仙台のネオナチどもに囲まれたときも、いつだって救ってくれたのは刃だった。

「これ、あげる」

　ヘルメットを男たちの頭上へと放った。男たちはポカンとヘルメットを見上げた。彼女は赤目に突進する。現役ボクサーも舌を巻いたスピードだ。

　袖口のナイフを抜く。目標は赤目の喉だ。死の銃弾をいきなり仲間にくれたのだ。赤目にも音速の死を与えたかった。予想どおり、取り巻きたちの動きは鈍い。バットやゴルフクラブを思い出したように振り上げる。マヤが先だ。赤目の喉を突き刺す。だが手ごたえがない。

　刃は空を裂いた。マヤは奥歯を噛み締める。赤目は彼女の刺突をサイドステップでかわした。彼女を上回る速さで。赤目と視線が交錯する。やつの顔から笑みが消えた。

　赤目が回し蹴りを放つ。無駄のないモーション。格闘技を修得した人間の動きだ。

マヤは反射的に身を縮めた。肘で胸をガードする。堅い樫の棍棒で殴り払われたような衝撃。肘とあばら骨に強い電流が走る。手に力が入らない。シースナイフを取り落とす。マヤは後方によろけた。

「こ、この野郎！」

余裕こいていた迷彩パンツが、バットをスイングした。マヤはしゃがんでかわす。ブーツに仕込んでおいた第二の武器を手に取る。

マヤは剃刀を振るった。迷彩パンツの顔をカットする。ぴかぴかに磨かれた剃刀は、やつの眉から頬を裂いた。迷彩パンツはうめきながら、傷口を手で押さえる。遅れて大量の血が顔半分を赤く染めた。へっぴり腰になって後退する。

迷彩パンツの横にいた肥った男を狙う。ゴルフクラブを掲げたまま動きを止めている。仲間にクラブが当たるのを怖れるあまり、動きに隙ができる。マヤは肥った男の腹を剃刀でなでた。やつが着ていたTシャツと皮膚が縦から裂け、なかの黄色い脂肪が見えた。肥った男はクラブを放り、腹の傷を両手で押さえながら、ペタリと尻餅をつく。

さらに敵にダメージを与えるべく、剃刀を振り上げるマヤだったが、こめかみに硬いものが当たった。

「珍しいな」

赤目がリボルバーを押しつけていた。「そんだけ動ける女を見たのは久しぶりだ。東京でもなかなかいねえ」

「あんたらがグズなだけよ」

「刃物を捨てろ。話はそれからだ」

「殺すつもりでしょう?」

マヤは鋭い犬歯をむいて笑みを浮かべた。

「このクソ女が!」

顔半分を裂かれた迷彩パンツが、血まみれの拳でマヤに殴りかかってきた。蠅(はえ)が止まるようなパンチだが、赤目の拳銃が避けるのを許さない。頬に衝撃。視界が揺れ、頬骨がきしむ。

迷彩パンツは、着ていたTシャツを頭に巻きつけていた。白い布地が赤黒く染まっている。馬のように荒い鼻息。ぐらついたマヤを押し倒した。背中を地面に打ちつけて、マヤは息をつまらせる。血液がべっとりとついた掌(てのひら)で、ジャケットの上から胸をまさぐられた。他の男たちが、マヤの両腕を押さえにかかる。マヤから剃刀を奪い取る。

迷彩パンツが赤目に訊く。

「前園(まえぞの)さん、ここで犯(や)っちまっていいすか?」

前園と呼ばれた赤目はうなずいた。

「好きにしろ」

迷彩パンツは舌で自分の顔についた血をなめ取った。肩から胸にかけて、すじ彫りの龍がうねっている。血と腋臭の臭気にマヤは吐き気を覚える。

「手こずらせやがって」

迷彩パンツは、マヤが着ているジャケットのチャックを荒々しく引き下ろした。シャツの上からマヤの乳房を揉みしだく。「めちゃくちゃにしてやっからよ」両腕を押さえている二人の男の息が荒くなる。複数の男たちがマヤを見下ろす。マヤはいつも不思議に思う。こっちの闘志はまだ充分あるというのに、男はいつも戦いを忘れてしまう。

マヤは口を閉じ、自分の舌を犬歯で噛み切った。男たちの目が、ブラジャーに釘づけになっている。迷彩パンツがブラを剝ぎ取った瞬間、マヤは口内の血をやつの左目に吹きつける。

「うお！」

左目をふさがれた迷彩パンツは腰を浮かせた。マヤは脚を振り上げる。

迷彩パンツの股間を蹴りつけた。無防備だったやつは叫びながら地面を転がる。赤目は感心したように、自分の顎をなで回している。余裕こきやがって――マヤは必ず殺してやると誓う。

　だがここまでだった。腕を押さえている男たちが、マヤの顔や腹にパンチを振り下ろした。男の固い拳がマヤから力を奪う。

「ぶちのめせ！　ぶちのめせ！」

　股間を蹴られた迷彩パンツが、声を裏返らせながら叫んでいた。こめかみにパンチが当たる。それ以降の記憶がなかった。

4　商売繁盛

「ねえ、大麻（クサ）はどこに行ったの？」

　白ヒゲの老人の名は荒木（あらき）といった。彼に尋ねながら、マヤは自分の下腹をなでた。強姦（ごうかん）は免れたが、しばらくは打撲と骨折で、痛みに苦しむ日々が続くだろう。

　手鏡を借りて自分の顔を見た。青、赤、黄色と信号機みたいな有様は予想以上にひどかった。こんなツラでは地元にも戻れない。〝切り裂き〟マヤが、それだけ派手にやられたと知れたら、小躍りするやつらが大勢いる。この機にナメてかかってくるお調子者も魚の卵のように増殖するはずだ。それは避けなければならない。もっとも、この先もちゃんと生き抜けたらの話だが。

荒木は聞き取れないのか、耳をマヤへと近づけた。彼が難聴なのではなく、ベッドに縛りつけられた老人がわめいているからだ。「お刺身が食いてえ」と駄々をこねている。貧乏人ほど高カロリーの加工食品ばかり食わされて、ぶくぶく肥る運命をたどるが、ここも同じようだ。肥満体の老人ばかりで、部屋は夏のようにベタベタした暑さが支配している。

「大麻(クサ)よ。ここの山に生えてるはずの」

「去年、あいつらが刈り取っちまっただよ。後先考えねえで、みんなむしっちまったがら、もうなんにも残ってなかったべ」

「大麻(クサ)の代わりに、今度はあんたらで金を得てるってことね」

白ヒゲはうなずいた。マヤはなおも訊いた。

「何人くらい押しこめられてるの？」

「百二十人くらいだ。ここ以外にも、閉鎖された図書館に押しこめられてっからよ」

「つまり、この村の年寄りをまるごと飼ってるってことでしょ。そんだけ大規模にやってれば、さぞや儲(もう)かるでしょうね」

目を覚ましてすぐに貧困ビジネスの巣窟(そうくつ)と気づいた。老人ひとりに支給される年金はスズメの涙でも、まとめて集めればそれなりの金額にはなる。

数年前に課せられた大増税と、年金機構の力ずくの徴収のおかげで、年金制度はかろうじて維持されているものの、その金をめぐってうごめく悪党たちは後を絶たない。内臓や角膜を売りさばく人間解体業者や、ヒューマン・ブローカーが活躍する時代にあっては、こうした老人牧場と呼ばれるビジネスはかわいい部類に入る。もっとも、これほどぬけぬけと大規模に営んでいるやつを見たのは初めてだが。

　そもそも、合法な老人介護施設自体が、これに毛の生えたようなところばかりだ。低所得者向けの介護施設で働く連中といえば、老人の骨を蟹の脚みたいにへし折り、熱湯を浴びせて飛び上がるさまを見ておもしろがるようなろくでなしぞろいだ。

　死んだ両親は、堅実な生き方を好んだ。父は村役場の小役人。母は食品加工場のパートタイマー。牢獄みたいな場所で老後を過ごしたくはないと、コツコツと金を貯めていた。大地震と大津波ですべて台なしになってしまったが。

　マヤは下着姿になった。ヒビの入ったあばら骨の上から、サラシのように包帯を固く巻きつける。下着姿になると、それまで怯えてばかりいた老人たちも、熱のこもった視線を投げかけてくる。

　荒木に尋ねた。

「管理してる連中はみんなよそものでしょう。なんでこうも、よそものなんかにおめおめと支配されるのか、教えてほしいよ」

「おめえだってよそものだべ。仙台から来たって言ってたけんど、生まれは違う場所だべや。じゃっかん訛りが残ってだな」

「あたしのことはどうでもいい。あいつらのことを訊いてんだよ」

荒木はため息をついた。

「全員がよそもんってわけでねえ。この村出身のやつもいだ。そいつがここを仕切ってる」

「赤い目の男ね。あいつ何者？」

荒木はもじもじした。急に腹痛でも起こしたかのように、苦しげな顔つきでうつむく。

「どうしたの」

「あれは……おれの息子だべ」

マヤは荒木の顔をまじまじと見つめた。

「あいつ、前園って呼ばれてたけど」

「そりゃ母方の姓だず。前園智和（ともかず）。後妻の連れ子で、おれとは血もつながってねえ。だけんど、あいつはおれの息子なんだ」

「へえ、そうだったんだ」

マヤは両手で包帯を持つ。ロープのようにぴんと張らせる。「それなら、あんたを人質に取れば脱出できそうね」

白ヒゲは苦笑した。

「おれにそだな価値はねえ。あったら、こだなとこに閉じこめたりはしねえべした」

「冗談だよ。それにしても、ずいぶんできた息子に育ったもんね。立派な刺青も入ってたし」

「……こいつはよ、つまりおれへの復讐だ」

荒木は告白した。ひどい父親だったと。この土地で農業を営み、冬は出稼ぎや狩猟で食いつないでいたが、ただでさえ儲けがなかった農業は、貿易自由化云々でトドメを刺された。彼に限らず、村の農民は全員死を宣告されたようなものだったという。

「あいつは、そういうひでえ時代に育ったんだ。いいことなんかなにひとつ知らねえ。おれはおれで、仕事がこんな案配なもんだがらよ、なにかとあいつにはつらく当たってきたんだ。牛小屋で寝かせたこともあったし、冬の寒いときに三日もメシを食わせねがったこともある。どうかしてたんだ」

「あいつが無駄に強かったのは、あんたのスパルタ教育のおかげってわけか」

「十四のときに、あいつはこの村から飛び出した。東京で愚連隊に加わって、さんざん暴れたらしい。あっちじゃ、闘鶏みてえにやり合うケンカの大会があるんだってな。そこで何人も相手を半殺しにしてる。殺しちまったこどもあるってよ」

「なるほどね」

マヤは胸に巻いた包帯を指でなぞった。やつの樫の棍棒みたいな脚を思い返す。肘でガードしたからヒビで済んだが、まともに喰（く）らっていたら、内臓まで潰されていたかもしれない。

荒木が言ったケンカの大会とは、地下格闘技興行の話だろう。もっとも人気があるのは、バーリトゥード・プラス・ブロウル（VPB）という団体で、その他にも大小合わせて、あちこちで当局の目を逃れた野蛮な祭がひんぱんに行われている。スラム街の雑居ビルや潰れたショッピングモール。東京だけでなく、どこの地方都市でも頻繁に行われている。頭突きや噛みつきまで認められているので、試合はおおむねあっさり決まる。むろん賭博行為もバンバン行われ、試合によっては億単位の大金が動く。

またギャングが抗争を終わらせる一手段として、地下格闘技はよく用いられる。組織のなかから選ばれた代表選手が、縄張りや利権を賭けて、拳で決着をつけるのだ。それをメシの種にしている喧嘩（けんか）師もいる。ギャングの用心棒として雇われ、敵を素手で壊してギャラをもらう。

マヤもVPBを始めとして、様々な大会に顔を出している。仙台では顔が知られているが、よその町では無名に近い。細身の少女が選手としてひょっこり登場――相手陣営があっけに取られて爆笑。その間に敵の目を潰し、視力を奪って秒殺の刑にする。仙台以外では負け知らずだった。井のなかの蛙（かわず）な田舎者相手なら、マヤの電撃作戦は楽に通じた。だからこそこんな山奥で仲間を討ち取られ、マヤ自身も打ち負かされるとは。とことん合点がいかなかった。

　赤目はモノホンのプロだ。マヤのナイフを鮮やかにかわしてみせた。荒木は続けた。

「極道のボディガードもしてたみてえだけんどよ、雇い主が警察に皆殺しにされちまったもんで、東京にはいられなくなっちまったらしい。そんでこの故郷さ戻ってきたんだ。手下を連れてよ」

「あっさり、そいつらに乗っ取られちゃったわけね」

「堅気になるってんで、最初はまじめに働いてたんだ。金にならねえ畑仕事を地道にやりながらな。なにかうまいアイディアを出していけばやっていけるはずだって、役所連中や議員とも会合を開いて、この村をどんどん盛り上げていくべって説いて回ってよ。おれたち年寄りはみんな大喜びよ。若者が貴重な時代だってのに、よぐこだな死んだような村さ、戻ってけだなってよ。自分たちがガキたちにやらかしたことなんざきれいに忘れて、救世主だなんだって、あいつらを拝むやつまでいたくれえだ。今思えば、あいつがひんぱんに役人どもと会ってたのも、ここを占領するための布石だべ。おかげで市のやつらにいくら助けを求めても、袖の下受け取ってっから、なんともなりゃしねえ」

　応急処置を終えたマヤは、衣服についた泥を払った。土の塊が落ち、密室に埃が舞い上がる。荒木が顔をしかめる。だがマヤは意に介さない。

「クスリと情報をくれたのは感謝するけどさ、あんたら甘すぎだろ」

マヤは自分の頭を指さした。「あんたら、いい時代が過ごせたからかもしれないけど、どう考えても脇が甘すぎだろ。こんな借金だらけになってるのに、あとは野となれ山となれでさ。自分のガキが飢えた鬼になってるのにも気づかない。めでたい頭してるよ、ホント。あたしの故郷なんて……未だに人が住めねえのに」

荒木はうなだれたままだった。マヤは口をへの字に曲げた。

「ちょっとは言い返せよ」

「いや……おめえの言葉にも一理あると思ってよ」

マヤはため息をつきながら肩をすくめた。体格はがっちりしていて、頭もしゃっきりしていると思ったが、荒木の金玉はやつらに持ち去られたらしい。

議論などしている場合ではなかった。そろそろこの牢獄から脱出する方法を考えなければならない。痛みがひどくて、いい知恵がなかなか浮かばない。

「ん？」

荒木が小さな何かを手にしていた。市販の薬のような青いカプセルだ。マヤは訊いた。「なにそれ？」

「こいつは――」

荒木が言い終わらないうちに、マヤはすばやく奪い取った。「痛み止めでしょ。これが欲しくて仕方なかったの」

さっさと口へ放る。荒木は上目でマヤの顔を見た。

「猛毒だ。コロっと死ねる」

マヤはあわてててカプセルを吐き出す。

「ざけんな！　どういうつもりだよ！」

「勝手に吞もうとすっからだ」

床に落ちたカプセルに目をやった。

「それ、本当に毒なの？」

「ニコチンとトリカブト、それにマムシの毒を抽出したもんだ。智和がこの村を本格的に乗っ取ろうとしたとき、おれがこしらえたんだ。自分で言うのもなんだが、かなり効くずね。ここの生活に耐え切れなくなったもんがいたら、おれがそっと渡すことにしてんだ。本当は注射器で打ったほうが効き目も速えんだが――」

「救急箱の次に毒薬っておかしいだろ。順番として」

「ケガの治療をしてから、ゆっくり考えてもらおうと思ってよ。おれとすりゃ、こいつを吞むほうを勧めるべ。おめえはここから出られねえし、さんざん拷問されて死ぬだけだ」

「拷問？」

「なして、連中がおめえを生かしたと思ってる」

「公衆便所みたいにやりまくるつもりでしょう。それ以外、あのクソ野郎たちになにがあるっていうの」

「おめえを広域特別捜査隊（ＫＴＳ）のスパイだと思ってんだ」

「なに！」

マヤの頭が熱くなる。よりによって、あんな豚どもと間違えるなんて。フクロにされたときと同様の恥辱（ちじょく）を覚えた。

広域特別捜査隊は、腐敗と怠慢だらけの自治警察に代わって、組織犯罪や広域犯罪、外国人犯罪者の捜査を行う日本版ＦＢＩだ。
おとりや潜入捜査などなんでもござれ。盗聴や拷問も辞さない強引な手法が問題視され、〝二十一世紀の特高警察〟だの〝日本のゲシュタポ〟と呼ばれているサディスト集団だ。ついこの前も、野党議員の事務所のＰＣをハッキングしたのが、表沙汰になったばかりだった。しかし善良きどりの国民から熱烈に支持されていて、隊の応援団と化したテレビのアナウンサーやコメンテーターは、もっぱら捜査対象となった野党議員の金銭関係をこき下ろしている。

マヤは荒木に摑みかかった。

「頭くんなあ！　うら若き女の子に向かって、さっきからなんだ、変な薬を呑ませたり、人を豚呼ばわりしたり。あんた、あたしに殺されてえのか」

「と、智和がそう思ってんだ……おれは知らねえず」

荒木は首を絞め上げられ、苦しげにうめいた。マヤはとっさに手を離す。あやうく本当に絞め殺してしまうところだった。荒木は床に手をつき、ゲホゲホと咳きこむ。

「まったく……とんでもねえねえちゃんだなや。だけど、そうして強がってられるのも今だけだ」

「なんだよ。やつらの一味みたいな口利くじゃない」

「そうじゃねえ。智和は修羅だべ。おれからさんざん痛めつけられて、東京のドブを這いずってるうちに、人間でいるのをやめちまった。自分が築いた王国を守るためなら、どだなことだってやる。今までだって、おめえみてえにのこのこ村にやってきた人間は、みんな膝砕かれて、目ん玉くりぬかれて、気が狂うまで拷問されちまう。ペンチで金玉をひねり潰された男もいたべ。スパイだろうとそうでなかろうと、どのみち最後は殺しちまう。んだから毒でも呑んだほうがいいと思ったんだ」

「一応、もらっとくけどさ」

マヤは床に落ちたカプセルを拾い、よろよろと立ち上がる。脚は生まれたての仔馬のように頼りない。拳で太腿を叩いて自分に活を入れる。「これだけは言っておくよ。

あんたたちがなにをしてようと知ったことじゃないけど、こんな飼われた豚みたいな運命を受け入れたところで、自分の罪が消えると思ったら大間違いだよ。さっさと目を覚ますことだね」

荒木はバツの悪そうな顔をしながら、再びうなだれた。

「じゃあ、あたしはそろそろ行くよ」

「ああ？　どうすんのや？」

荒木の問いを無視して歩く。隅のベッドに、古雑誌を読んでいた老人がいた。読んでいる、というよりも、眺めているといったほうが正しい。虫眼鏡を手にしながら、何年も前に評判となったグラビアアイドルのセミヌードを、ぼんやりと見つめている。

「借りるよ」

マヤは老人の虫眼鏡を取り上げた。彼は不快感を示すことなく、そのままグラビアページに目を落としている。

窓からは、午後の強い日差しが入っている。不潔で殺風景な部屋だが、陽光だけはさんさんと降り注ぐ。老人のベッドには、今や珍しい紙の雑誌が束になって置かれている。汚い定食屋の本棚にありそうな、手垢にまみれたマンガ誌や男性誌だ。黒い表紙のオヤジ系週刊誌があった。それを隣の空いたベッドの上に置く。

「おめえ、まさか」

荒木はマヤの意図に気づいたのか、ぴんと背筋を伸ばした。マヤはにっこり微笑む。

「いい子だから黙ってて」

虫眼鏡を通った日光は、週刊誌の黒い表紙をぶすぶすと燻らせた。焦げる臭いが鼻に届く。煙があがる。

小さな炎が出現したのを機に、マヤはジャケットの袖口に触れる。指で感触を確かめてから、生地を犬歯で噛み破った。そこには薄い剃刀の刃を隠している。気絶したマヤは、すべての道具を奪われていたが、これはチェックを免れたようだ。

部屋の老人たちが騒ぎ出した。週刊誌の炎は、さっそく布団に拡散し、視界が白く濁りだした。

マヤは剃刀の刃を右手の指に挟みながら、ノブのないドアへと移動した。近くのベッドの下に潜りこむ。

老人たちが悲鳴をあげながら扉を激しくノックする。その音は校舎中に鳴り響きそうなほどけたたましい。金属製の扉が衝撃で揺れた。それだけの力があれば、あの赤目たちとも互角に渡り合えるだろうにと、ベッドの下のマヤは思う。

ドアがガチャガチャと鳴った。鍵が差しこまれる音がする。

「なに騒いでんだ！」

ひとりの男が入ってくる。黒いトレパンとゴムのサンダル。声に足、それに臭いにも覚えがある。マヤの左腕を押さえていたやつだ。

「なんだあ？　火事か？　やべえじゃん！　おい、勝手に逃げんな！」

老人たちが、雪崩を打ったようにドアから飛び出していく。トレパンの足が右往左往する。パニックを起こしかけている。下半身だけ見ても、それが手に取るようにわかった。

「あの女……どこ行った。やべえ」

トレパンの足が止まったところで、マヤはベッドの下から飛び出した。そのスピードは、いつものマヤとは比較にならないほど、のろい。それでも、泡を食ってるトレパン男には、雷光みたいに映ったようだ。携帯端末を耳に当てながら、地蔵みたいに固まっている。

マヤは男の喉をなでた。剃刀を持った右手で。それから後ろに下がって距離を取る。トレパンは、お漏らしをしでかした子供みたいな気弱そうな顔を見せた。首から血が勢いよく噴き出す。トレパンは出血を食い止めようと首に手をやるが、自分の腕と胴体を赤く汚すだけだった。やがて自分の血の池に沈んだ。

男の背中を踏み越え、マヤは扉の外へと脱出した。

5　いい湯だな

マヤが押しこめられた元学校は、集落の中心地にあった。

その隣には、ギリシャの建築物を真似て作ったような巨大な施設があった。図書館と公民館のようだが、建築から何十年も経っており、ろくに手入れもされていないために屋根は黒く汚れ、壁は下手くそなグラフィティアートの実験場と化している。高価そうな大理石の床は、タバコの吸い殻やゴミで埋まっていた。

まったく釣りあいが取れていないバカでかい建物だったが、マヤが生まれるずっと前、昭和と呼ばれた時代の末期には、世界の富の半分がこの国に集中したのだという。金が余って余ってどうしようもなく、この手の施設を日本中にボコボコとおっ建てた。貧乏くさい村ほど巨大で豪奢だったりする。ここはその典型だった。

マヤは、その建物の陰に隠れながら事態を見守った。

学校は鉄筋コンクリート製で、思ったよりも燃え広がらない。部屋のガラスはぶち破られ、そこから黒煙が派手にたち昇っている。それに気づいた消防隊や警官が駆けつけてきて、前園たちの非道なビジネスが公になって大騒動……を期待したのだが、一向に集落外の人間がやってくる様子はなかった。ボヤ程度ぐらいなら、揉み消せるだけの力を前園が持っているのだと理解した。

校庭には、逃げた老人らが次々に集められていた。部屋から脱出したときの、あの暴れ牛のような勢いはなく、バットや猟銃で武装したチンピラたちに殴られていた。倒れた老人を蹴っ飛ばしているやつもいる。老人は貴重な打出の小槌のはずだが、連中の扱いはわりとぞんざいだ。

前園は校庭にはいない。手下は烏合の衆だが、やつだけは警戒しなければならない。今にも背中から襲ってきそうで落ち着かない。

大騒動にはならない。そう判断したマヤは移動を始めた。家から家へ。廃墟から廃墟へ。集落の北にある山を目指した。まともに逃げても、地理に疎いマヤはすぐに捕まってしまう。大国地区の街道は、すべて押さえられていると考えるべきだった。

山の中腹には、日本家屋風の施設が建っていた。逃亡の途中に見かけた看板が、温泉施設だと教えてくれた。〝大国名物・熊肉カレー〟と、熊が楽しげにダンスしているイラストが描かれていた。マヤはそこを目指した。

温泉好きのマヤだったが、当然運営しているとは思っていないし、のんびり湯に浸かっている暇などあるはずもない。レストランがあったとなれば、山刀のようなごつい肉切り包丁や、大きなフォークなど、武器になりそうなものが転がっているかもしれない。なにせ熊肉を調理するぐらいだ。

前園たちをマグロの解体ショーのように生きたままバラせたら、どれだけスカッとするだろう。うっとりと夢想しながら自身の痛みを耐え抜いた。包帯をギプスのように巻いたが、歩むたびにヒビの入ったあばら骨がきしんだ。

木々に身を隠しながら、温泉施設へと向かった。野球ができそうな、だだっ広い駐車場。盗めそうな車を探したが、タイヤのない錆びたセダンと、真っ黒に焼け焦げた軽トラの残骸しかない。

茶色い壁の日本家屋風の建物。なかは暗く、玄関には、〝ラーメン〟〝カレー〟と書かれたノボリが積まれてあった。それらは埃で茶色く汚れている。動きを止めた自動ドアの中央には、閉館を告げる張り紙がそっけなく貼ってある。人気はない……だが妙な臭いが漂っている。

駐車場に落ちているアスファルトの欠片を拾った。赤ん坊の頭くらいある石ころを、ガラスの自動ドアへと投げつけた。分厚いガラスで、石ころのほうが砕け散ったが、ドアにもヒビが入る。マヤが前蹴りを放つと、ガラスはあっけなく吹き飛んだ。

「うげ！」

マヤは思わずよろめいた。鼻を手で押さえる。ドアをぶち破った途端、強烈な臭気がマヤの鼻に襲いかかった。

「なんでこうなるかなあ」

マヤは鼻をつまみながら呟いた。腐敗した生き物が放つ甘ったるい臭気。スラムにいれば、嫌でも出会うタイプのものだ。何週間もヤサで放っておかれた麻薬中毒者や、古アパートで孤独死した年寄りが、これとそっくりの臭いをよく放っていた。マヤは嗅覚が鋭い。そのおかげで何度も命拾いしたが、今はただ自分の能力が恨めしかった。

施設内の床は赤い絨毯が敷きつめられている。そこには埃が積もっていたが、ごく最近も人の出入りがあったせいか、複数の靴跡が残っていた。

マヤは玄関を出た。それから深呼吸をして、肺に新鮮な空気を取りこむと、再び施設内に戻って奥に向かった。フロントを通過して、細い通路を進む。息を止めているため、悪臭からは逃れられたが、どろっとした瘴気を浴場のほうから感じた。

男湯の脱衣所に足を踏み入れた。浴場との間をへだてるスライドドアを開ける。浴槽には湯など張られていない。しかしむっとした気配に襲われる。

マヤは鼻をつまんだまま、おそるおそるタイルの上を進む。大浴場と記された看板。その下の大きな浴槽を覗いた。

そこには無数の死体がピラミッドのように山と積まれていた。下のほうはミイラ化して干からびているか、もしくは屍蠟化を起こしているかのどちらかだ。上のほうは腐敗のまっ最中。白く濁った眼球や青黒くなった唇がもぞもぞと動いた。ハエやウジが大量に蠢いている。闖入者のマヤに驚いたのか、死体の下から何匹もの大きなネズミが飛び出し、浴場の四方に散っていく。

マヤは気合を入れ直す。少しでも気を緩めたら、胃液が鼻と口から噴き出してしまう。なるべく胃にショックを与えないように、元来た道をそろそろと引き返した。

男湯だけでなく、女湯からも似たような気配を感じる。そちらも死体安置所と化している可能性が高い。だからと言って、なかを覗こうとはもう思わなかったが。

「なんで埋めとかねえんだよ」

玄関近くまで戻ってから、マヤは口で呼吸をした。それでもウジやネズミを思い出して、マヤはたまらずその場で胃液を吐いた。

死人も前園みたいな悪党にとっては宝となる。老いた生者だけでなく、物言わぬ死者も、黙っていれば金の卵を産み続ける鶏となる。年金機構の人間を手懐けておけば、前園たちにはミイラたちの分の年金も支払われる。チンピラたちが、老人たちをひどくぞんざいに扱っている理由がよくわかった。連中にとっては、生きていようが、死んでいようが、どちらにしても金が入るのだ。もしかすると、さっさとくたばってくれたほうがいいとさえ考えているのかもしれない。生きている人間を管理するには手間がかかる。

温泉施設の横にあるレストランに入った。部屋の一角には、椅子や机が乱雑に積まれてあった。壁には、ビキニ姿のモデルが生ビールのジョッキを抱えているポスター、それにメニューの品書きが貼られたままだ。ヤマメやアユの塩焼き、大国産キノコ蕎麦、熊肉ラーメン、熊肉カレー——山の幸を強調したラインナップだ。

調理場はガランとしていた。マヤは低くうなる。コップひとつ見当たらない。食器洗い器や冷蔵庫はそのまま残されてあったが、収納棚をいくらひっくり返しても、調理器具や食器はどこにもない。村の老人たちに奪われないための手段かもしれない。

そうとわかれば用はない。さらに山奥へ行くべきか、集落に戻るべきか。どちらも得策とは言いがたい。

荒木の自殺用カプセルが頭をよぎる。マヤの辞書に自殺という言葉はないが、このまま行けば、確実に無残な最期が待っている。さんざんなぶり者にされて、死ねばこんな風呂場に捨て置かれる。考えただけでも肌が粟立つ。

とにかく動かなければ。収縮を繰り返した胃袋と、燃え上がるように痛む骨と筋肉。身体が次々とマヤを裏切ろうとする。それらをどうにかなだめつつ歩く。レストランの調理場から出る。

横から銃身が飛びこんできた。二連式の猟銃がマヤの頭に突きつけられる。構えているのは迷彩パンツの男。マヤに大きく裂かれた顔には、眼帯やガーゼが大量に貼りつけられてあった。まるでハムスターの巣のようだ。左目はマヤの毒霧攻撃でまっ赤に充血している。ひどい有様だったが、勝利の喜びを噛み締めていることだけはわかった。

「よお。会いたかったぜ」

迷彩パンツは左目をぎらつかせながら囁いた。指は油断なく引き金にかかっている。今のマヤでは、やつの人差し指より速く動ける可能性はゼロだ。迷彩パンツの後ろには、ドスを持ったチンピラもいた。貧乏白人がしそうな、蛇とバラのタトゥーが腕に入っている。フクロのときに、マヤの右腕を押さえていた男だ。

二人とも、残念ながらマヤの実力を知っている。油断なくマヤの動きを監視している。

「偶然だね。あたしも」

マヤは微笑んだ。もっと気の利いた憎まれ口を叩けないものかと苛立つ。ピンチに頭がまっ白になりかけた。

迷彩パンツは猟銃の台尻でマヤの頬を殴った。マヤは埃だらけの床に倒れた。黒髪や衣服が茶色く汚れ、舞い上がった埃が目鼻を襲う。

再び銃口が眼前に向けられる。

「だからおれは前園さんに言ったんだ。死んでも構わねえから、ズタボロに輪姦しちまおうってよ。手間取らせやがって。さっさと脱げや」

迷彩パンツはマヤの膝を蹴った。

「やる気マンマンなのはわかったけどさ。こんな死体だらけの臭い場所でしなくたっていいじゃん。青姦のほうがずっとマシ」

「気にならねえ。もう慣れちまったよ」

「なんで埋めねえんだよ。病気になりそう」

迷彩パンツはわずかに唇を歪めた。

「あれが前園さんのやり方なんだ。くたばった老人どもは男湯にぶっこむ。お前みてえなスパイ野郎や裏切り者は女湯に放りこんでおく。なんでおれたちが、遊んで暮らせるのかを思い出させるためにな。年寄りたちにも、たまにあの風呂場を見せるんだ。あんまりわがまま言ってると、今度はあそこで寝てもらうぞってな。そうすりゃ、たいていはおとなしくなる」

「いいアイディアね」

「おかげで根性がついたぜ。あのネズミにぼりぼり食われた死体を見たか？　あれでドン引きするやつもいる。ホトケをあんなふうに扱ったらバチが当たって地獄に堕ちるんじゃねえかってよ。バカじゃねえかと思ったぜ。そうは思わねえか？」

「思うよ。この世が地獄だもん」

「なんだ気が合うじゃねえか。あの丸太みてえな死体の山を見て思ったぜ。だったら、とっくに地獄にいるんじゃねえかってよ。前園さんは、それをおれたちに教えてくれた。とっくに地獄に堕ちてんだから、なにをやっても構わねえんだってな。さて、せっかく気が合ったんだ。気前よくアナルでも見せてくれや。太いのをくれてやる」

マヤは床に唾を吐いた。

「変態野郎、クソして死ねよ」

「クソだらけになるのはお前のほうだ。それとも死体になってから犯られてえか」

マヤは革パンツに手をかけた。膝まで下ろしたところで、迷彩パンツは猟銃を仲間の腕タトゥーに持たせて、マヤの上にのしかかってきた。「また妙な真似してみろ。ぶち抜いてやる」

ごつい手がマヤの尻をなでた。指が尻の穴にまで届き、マヤはまたも吐き気に襲われた。迷彩パンツがジッパーを引き下ろし、自分のモノを引っ張りだす。目玉や喉を指で突くべきか――駄目だ。猟銃が睨みを利かせている。

「尻でやるのは初めてか？　え？」

迷彩パンツが顔を寄せ、マヤの耳をしゃぶった。奥歯を噛み締めて耐える。歯茎がずきずき痛む。

頭上で奇妙な音がした。ボウリングの玉同士がぶつかったような硬い音。マヤの顔を狙っていた銃が下を向く。猟銃を構えていた腕タトゥーがうつぶせに倒れる。

「なっ」

マヤの尻をいじくっていた迷彩パンツが、身体を硬直させながら、床に倒れた仲間を見つめた。マヤがすばやく動く。

迷彩パンツの左目に親指をねじ入れた。ビー球に触れたような手ごたえ。爪が眼球の下をえぐる。

「あたしのもけっこう太いでしょ」

迷彩パンツは金切り声をあげてひっくり返った。

マヤの頭上には、漬け物石ほどの岩を抱えた荒木が立っていた。ガタガタと震えている。腕タトゥーは、背後から荒木にどやしつけられたのだろう。血のにじんだ後頭部に手をやったまま動かない。

「爺さん……あんた」

「大丈夫だが？」

荒木がまっ青な顔で訊いた。

「あんたこそ」

迷彩パンツは埃だらけになりながら床をのた打ち回っていた。マヤはショーツを穿き直し、腕タトゥーが持っていた短刀を奪った。

迷彩パンツの延髄を刺した。切れ味は悪くない。豆腐みたいに、易々と首を貫く。

小型犬みたいに吠えていた迷彩パンツが静かになった。荒木は痛ましそうに目を背けた。

「まだ撃てるでしょ？」

　マヤは猟銃を拾い上げ、荒木の手に握らせた。

「撃つしかねえべ。こうなったら」

「生き方を変えたの？」

「ああ。残りわずかしかねえけどよ」

「素敵な考えだと思う。こんな場所じゃなければ、やらせてあげてもいいくらい」

「おめえの言葉に従っただけだず。こだな金玉取られたような生き方してもよ、おれの罪が消えるわけでねえ。むしろ増えていくだけだべ。智和をずっと修羅にさせておくわけにもいかねえしよ」

　荒木の腕は、収容所にいたときよりもごつく見えた。銃床に触れている手は節くれだっている。幽閉生活にあったとはいえ、ずっと自然と格闘してきた人間らしく、改めて見るとけっこうたくましい。格好こそはホームレスのようにくたびれているが、前園の手下ぐらいとなら、まだまだ渡り合えそうな力強さを、がっちりした肩幅から感じた。

　倒れた男たちのポケットを漁った。予備の弾はなかった。タバコやガムを自分のポケットにしまいこむ。

迷彩パンツは携帯端末を持っていた。通報すべきかと迷う。敵である警察に救ってもらうためではなく、前園たちと戦わせようという腹だ。

「やめとけ」

荒木は意図を察したらしく、ゆっくりと首を振った。「さっきのボヤ騒ぎを見たべ。誰もやってはこねえ。むしろ智和と一緒に、おれたちを狩ろうとするべ」

「やっぱり？」

「おまけに、そいつを持ち歩くわけにもいかねえ。GPSでやつら全員、居場所をチェックしあってんだ。このガキどもがここに留まってることも、智和は自分のケータイで知ってるはずだ」

「ということは――」

マヤが言う前に携帯端末が震えだした。ディスプレイに前園の名前が表示される。爆発寸前の手榴弾（しゅりゅうだん）を手渡されたような気分になる。電話に出て、悪態のひとつでもついてやろうかと思ったが、挑発して隙ができるような面白味のあるやつでもない。

「ちくしょう！」

携帯電話を壁に叩きつけた。液晶画面が砕け、コード類や電子基板が飛び散る。これでやつらが向かってくるはずだ。

荒木がマヤの背中に触れた。

「ひとりで歩けっか?」

「大丈夫。だけどどこに行くの?」

「考えがある。こっちだ」

死臭まみれの温泉施設を出た。荒木は油断なく猟銃を外に向ける。マヤも敵の姿を探した。まだやつらが押し寄せる様子はない。だいぶ傾いた秋の太陽が、赤みを帯びた光を二人に放っている。

「あそこだ」

荒木は山奥のほうを指さした。赤茶けた木々で埋め尽くされた山の寒々しい風景が広がっている。「逃げるためには車がいるけんど、使える車は役所の駐車場で厳重に管理されてるべ。脱走者を出さねえためにな」

「じゃあ山で籠城(ろうじょう)でもするの?」

猟銃を抱えたまま、荒木は傾斜のある山道を小走りで駆けた。銃はかなりの重さになるはずだが、移動スピードは今のマヤにとっては速すぎるくらいだ。顔を流れる汗を手の甲でぬぐう。埃が溶けた黒い汗。温かい湯に浸かりたかった。むろん死体など積まれていない浴槽のお湯で。バラやハーブの香りが恋しい。

荒木は山を見上げた。

「もそっと先に行ったとこに木工所の作業場があんだ。死んだ社長ってのが、ちょっとした趣味人でな。旅や釣りが好きでよ、いくら女房に怒鳴られても、止めらんねがったんだ」

車一台が通れるかどうかの細い道を駆け上がった。時々、後ろを振り返る。背後をいつ急襲されるか。ユミの額に穴を開けたときのように、背中や後頭部を撃ち抜かれる自分の姿がちらつく。

作業所が見えてきた——胃がきりきりと痛む。他の建物と同様に、長いこと捨て置かれたため、建物は半壊状態にあった。柱はへし折れ、トタンの屋根が横倒しになっている。壁からは気味の悪いキノコが生え、敷地は腐った落ち葉で埋まっている。まともな車があるとは思えない。マヤは咎めるような視線を荒木の横顔に向ける。

だが彼は落胆する様子もなく、建物へとずかずか入っていく。フカフカな落ち葉の絨毯を踏みしめ、倒れた柱を乗り越え、廃墟の奥へと進んでいく。やがてプレハブの小屋が見える。錆や落ち葉で茶色く汚れていたが、こちらは小屋としての形を維持していた。

荒木は窓を猟銃の銃床で叩いた。プラスチック製の窓はたわみ、窓枠が外れて内側へと落下した。

マヤはなかを覗いた。

「もうハズレは勘弁してよ」

一年分の不幸を一気に使い果たしたような一日だった。見つかるものといえば極上大麻どころか、臭いぷんぷんの腐った死体や、棺桶に片足突っこんだ年寄りたち。マヌケな追いはぎと、野獣と化した悪党たちもついてきた。大事な愛車と携帯端末と財布、それに手下の命。軒並み奪ってくれた。プライドと健康もだ。数億円級の宝くじにでも当たってくれなければ、もはや釣りあいが取れない。

古い電化製品や工具に混じり、緑のカバーをかけられた大きな物体が小屋のなかで眠っていた。エンジンオイルの匂い。スタミナさえ尽きかけているマヤだったが、最後の力を振り絞って窓から小屋へと侵入した。

誕生日プレゼントをもらった子供のように、カバーを無我夢中で取り去る。

「おお！　これは！」

マヤは目をみはった。黒光りした巨大なバイク。たまりにたまった怒りやストレスを帳消しにするためには、まだまだ物足りなかったが、彼女の気力を復活させるには、これ以上にない贈り物ではあった。

6　エスケープ・フロム・OK

ハーレー・ダビッドソンが獣じみた咆哮(ほうこう)をあげる。

小回りの利かない大排気量のバイクでは、うねうねとカーブが続く山道にはあまり適さない。中量級のバイクしか扱ったことのないマヤには、かなり手にあまる代物ではあった。しかし悪くない。鋼鉄の馬のような風貌はマヤの好みだ。あやうく車体をガードレールで擦りそうになったが。

「焦る必要はねえ。こだなバイクがあることを、あいつらは知らねえ。まさか林道通って逃げてるとは思ってねえはずだ」

タンデムシートの荒木が耳打ちした。彼自身はバイクの運転などできない。出会ったばかりの他人に背中を預けるほどお人よしのマヤではなかったが、この非常時では嫌でも柔軟性が求められる。

数十メートル級の崖と、蛇のようにうねる細い道路が延々と続く。用心してヘッドライトは点けていなかったが、つるべ落としの秋の太陽はあっという間に姿を消した。闇がぐいぐい濃さを増す。

街灯ひとつない道を行く。黒々とした木々に囲まれながら。林道を抜ければ、大国地区の隣村にたどり着くのだという。もっとも、そこは老人すらいない廃村だ。南出羽市は現存する集落よりも、消滅した集落のほうがはるかに多い。数年前までは半導体や電子部品の製造工場があったが、老化が著しい地元を活気づけるために誘致されたはずの企業は、地元の人間をたいして雇用しなかった。雇われたのは、アジアや中近東から出稼ぎにやってきた外国人や、震災で住処を追われた者たちだ。

工場があった時代は、街も一見すると賑わっているように映った。だがそこに地元の人間はいない。都会とそっくりで、隣にどんなやつが住んでいるのかもわからない有様だったという。それらの工場が、さらに人件費の安いミャンマーやアフリカに移っていくと、潮が引くように人が消え、集落も瞬く間に消失していった。荒木がそう教えてくれた。

彼は話の途中で謝った。

「すまねえ。こだなグチたれてる場合でねえってのに」

「べつにかまわないよ」

グチぐらいなら聞いていられる。

本音を言えば、米国生まれのこのじゃじゃ馬の操縦に専念したかったが、それでも荒木のぼやきに耳を傾けるのは、南出羽市に関する情報を得たかったからだ。

「爺さん。そんでこれからどうするの？」

「山形市まで連れてってくれねえか？　県警の本部まで行けば、智和の影響も及んでねえはずだ」

「それ、少しだけ待ってくれない？」

「なしてだ」

「あいつらにお礼がしたいの。仙台の仲間を引き連れて、今夜中にこの村に戻ってくるから。あいつらが喰らうのは、警官のサブマシンガンや特殊警棒なんかじゃない。あたしのナイフやソードオフ・ショットガンに代わるってだけの話。お年寄りを傷つけたりはしないし、火だってもうつけない。今日びのおまわりよりずっとマシだよ」

返事がなかった。マヤが振り向くと、荒木はまじまじと彼女の顔を見つめた。

「どうしたの？」

「こだな目に遭っても、戻ってくるつもりでいるのが？」

「当ったり前じゃない！」

「……おめえはたいしたタマだべ。本当は、おれなんかとても口の利けねえ大親分なんでねえのが？」

「グチの次は皮肉？」

「そうでねえ。おめえみてえな娘っ子を見たのは初めてだ。まさかこの歳になって、こんだけ魂消る体験できるとは思わなかった」

「仁義のひとつも切りたいところだけどさ、いろいろ問題があるわけよ」

マヤはとぼけた。不用意に個人情報を教えたりはしない。前園がマヤをスパイと睨んだ理由もわからなくもない。やつに奪われた携帯端末は目の虹彩認証が必要のタイプで、中身はそう簡単には開けない。財布に身分証明書の類も入れてはおかない。個人情報は死や逮捕につながる。荒木は命の恩人だが、彼が県警に行けば、マヤの動向が警察に知られてしまうかもしれない。

「だからやつらの息の根を止めさせてくれるんだったら、尻についてるホクロの位置まで教えてあげるよ」

「智和を殺るのは無理だず」

「なんで」

「おれたちが逃げ切った時点で、この勝負は終わりだべ。智和たちは村をさっさと捨てて、どっかよそにでも逃げていくはずだ」

マヤは、腹立ちまぎれにハーレーのタンクを小突いた。おもしろくはないが、荒木の言葉は正しい。あの計算高そうな前園が、恋々とあの寒村なんかにしがみついているとは思えない。

山道を下り続けると大きな川に出た。錆で茶色くなったボロ橋を渡り、平坦でまっすぐな道に到った。視界の利かない山道ばかり進んできただけに、それだけでほっとするものがある。たとえ荒野と廃村の風景が広がっていたとしても。青い道路標識には、漏れなく〝FUCK〟〝ちんこ〟などと、スプレーで落書きされ、ジュースの自動販売機が道路に横倒しになっていた。

大国地区をどうにか脱出できたというのに、その隣の地区もまったく同じようなしみったれた風景だ。家々の壁には空き家を示す不動産屋の看板。その看板にしても、色あせて文字が読みにくい。家の半分は、流れ者のホームレスが暖でも取ろうとしたのか、それとも家主が保険金でもせしめようとしたのか、燃え尽きて巨大な炭の塊と化していた。一度、核戦争でも起きたかのような姿。通りがかった者のハートを鬱にせずにはいられない。虚無の力がみなぎっている。

バイクのライトを初めて点けた。ハイビームで前方を照らし、スピードをあげる。道路のところどころに古タイヤや看板、動物の死体が転がっている。いちいち行く手を阻まれているようで、とてもツーリングを楽しむ余裕はない。

やがて廃村を抜けて国道に到る。マヌケ山賊を返り討ちにした道路でもある。ゴミや鳥の死骸などで汚れているが、なじみのある道に出たことで、肩の力を抜くことができた。

マヤはハンドルを右に左に切りながら呟く。

「連中をぶちのめせないのは残念だけど、こうして逃げ切れれば、あたしらの勝ちってことか。やつらのシノギはぶっ潰せるし。今日のところはそれで満足——」

バックミラーに車のライト。ハイビームの黄色みがかった強烈な光が、ハーレーに乗った二人を照らす。一台の車が後ろから向かってくる。彗星（すいせい）のように、ぐんぐんと距離をつめる。

マヤは振り向いた。図体のデカいＳＵＶが、路上のゴミや死骸を踏み砕きながら追ってくる。後ろの荒木が表情を強張らせている。

マヤはため息をついた。

「読んでたみたいね。あんたの息子もたいしたタマだわ」

「なるべくまっすぐ行ってくれ」

荒木は腰を捻りながら猟銃を構えた。ハーレーの排気音をも掻き消すようなけたたましい銃声が鳴る。鼓膜がびりびりと震え、耳鳴りが頭のなかを貫く。

マヤは耳の穴を指でほじった。

「撃つんなら、先に断ってよ！」

自分の声がくぐもって聞こえた。ミラーに映るライトの光が弱まる。ハーレーとＳＵＶの間を漂う硝煙が、光の強さを鈍らせる。

再び銃声がした。腹まで響く猟銃の発砲音とは違う。前園のリボルバーだ。ハーレーの横のアスファルトが弾けた。小石が舞い上がり、バイクのボディに傷をつける。

マヤはミラーでＳＵＶの助手席を見た。ハコ乗りしながら銃を振り回す前園の巨体が映っている。ＳＵＶは荒木の猟銃に怯むことなく迫る。

荒木が怒鳴った。

「スピードを落とせ！　もっとあいつらに近づけ！」

「ちょっとマジかよ！」

マヤは文句をたれつつ指示に従った。ブレーキレバーを握る。拳銃の名手を相手に、無防備に背中をさらさなければならないのが、なんとも耐えがたかった。

荒木が二弾目を放った。ミラーに映ったＳＵＶが蛇行する。フロントガラスがまっ白だ。無数の散弾が当たったらしい。

マヤは後ろを振り返った。蛇行したＳＵＶが路肩を外れ、道路脇の森の木に衝突した。スクラップ工場のプレス機みたいな派手な音がした。

「やるじゃん！」

マヤは叫んだ。初対面の印象が悪かっただけに、まさか命中させるだけの腕があるとまでは思っていなかった。ましてや標的は人間だ。発砲できるかも疑わしかった。

喜んだのも、つかの間——リボルバーの銃声。銃弾はバックミラーを砕いた。破片がマヤの顔を襲う。目をつむったせいで、道路上の粗大ゴミに気づくのが遅れた。何本もの錆びた物干し竿が落ちている。その上にタイヤを乗り上げたハーレーは、ものの見事に滑って転倒した。

マヤと荒木は道路に投げ出された。速度を緩めていたが、アスファルトに衣服や身体をたっぷり擦られた。卸し器の上の大根と化す。摩擦熱が二の腕や太腿を襲う。もともと痣や内出血をたんとこさえている箇所だけに、唐辛子や芥子をべったり塗りたくられたようにじんじんする。勝手にあふれた涙が顔中を濡らす。

マヤの傍らには、うつ俯せに倒れている荒木がいた。猟銃は彼の手から離れている。遥か数メートル先、横倒しになったハーレーの近くに転がっていた。二連式の銃で弾はないから、どのみちもう役には立たない。

目をこすって涙を払った。リボルバーを持った前園が大股で歩み寄ってくる。SUVが木に衝突する前に、やつは窓から飛び降りたらしく、アロハシャツや茶色い頭髪には、泥や枯れ草がこびりついていた。だがやつ自身はぴんぴんしている。

「に、逃げろ……」

痛みに顔を歪ませた荒木がマヤを見上げた。「おれのことはいい。あいつの狙いはおめえだべ」

「待ってて」

マヤは擦られた二の腕をさすりながら立ち上がった。転倒によるケガはなかったものの、ライダースジャケットの袖はボロボロだ。またもマヤの愛用品が失われた。

マヤは道路脇の森へ逃げこむ。荒木の言葉どおりに、前園はマヤの後をつけてくる。彼女を冷ややかに見すえながら。

マヤは木々の間を縫うようにして駆けた。時々、脚がもつれた。木の根につまずき、草むらをごろりと転がる。体力の限界はとっくに超えている。這うようにして森にまぎれこもうとする。必死に手足を動かしているが、思うように前へと進んでくれない。

前園は悠然とマヤに近づいてくる。まるで手負いの獣とハンターのような関係だ。まったくもって屈辱だが、現実を正しく把握しなければサバイバルできない。

マヤは笹藪（ささやぶ）に潜りこむ。銃声が轟（とどろ）く。顔の横にあった笹の葉が吹き飛ぶ。

笹藪を抜けて、奥にある大木に身を隠した。太い幹に背を預けながら、マヤはベルトに差していたドスを抜いた。ポケットを漁りながら前園を待ち構えた。

前園は森一帯に響くような大声で言った。その調子はいまいましく思えるくらいに落ち着いている。

「そろそろ終わりにしようじゃねえか。こんな田舎で、まさかこれほどの戦いができるとはな。お前はよくやった。今となってはお前の正体がなんであろうと関係ねえ。おれたちは手ひどいバツを受けた。お前をとことんナメきったせいでな。とんでもない間違いだった。最大級の敬意を払いつつ、お前を必ずぶっ殺してやる」

草を踏みしめる音と濃密な殺気——気配と物音で、前園との距離を測る。その距離は約十メートル。

マヤは短刀を握りなおす。全身を叱咤（しった）する。信号機みたいにまだらになった腕と脚に。じんじん痛む肋骨（ろっこつ）に。悲鳴をあげる心臓と肺に。ここでやられたら、すべてが終わるのだと。

「どうした。おれを殺らない限り、ここから逃げられはしねえ。かくれんぼする体力だってねえだろう」

前園は見え透いた挑発を繰り返す。マヤは飛び出すタイミングを計る。大木の向こう側から、ただならぬ殺気をひりひり感じる――自分の頭に穴が開くイメージしか湧かない。

甲高い音が遠くから割って入る。マヤはびくっと身体を震わせる。車のクラクションだ。おそらく荒木が鳴らした。

マヤは大木の陰から姿を現した。前園もクラクションに気をとられている。視線は道路のほうに向いている。

マヤは身を屈めた。前園がマヤに向き直ってトリガーを引いた。銃弾が頭頂部をかすめる。黒髪を貫く。マヤは突進する。クラクションがなければ、銃弾は脳みそをグシャグシャにしただろう。

前園との距離をゼロにする。全身への叱咤が効いたのか、手傷を負っているわりには悪い動きじゃない。

前園の喉仏に向けて短刀を繰り出す――。やつの腕は発砲で跳ね上がっている。やつは笑顔だ。本当にこの死闘を楽しんでいる。赤い目が輝いている。

前園の鍛え上げられた猪首が動いた。マヤ渾身の一撃で、やつの首の端が切り裂かれる。

前園はリボルバーをふるった。硝煙をあげる拳銃が、マヤの鎖骨を打った。マヤは吹き飛ばされ、背中から地面を滑る。

マヤは仰向けに倒れた。もう体力はゼロだ。前園はマヤの傍らに立った。山みたいなヘビー級の大男。手も大きく、モノホンの拳銃がおもちゃに見える。

「いい一撃だった。あちこちでリングに上がったが、お前ほど速く動けたやつはいない」

前園は左手で首の傷を押さえていた。指と指の間から血があふれていたが、大量というわけではない。かすり傷を負わせたに過ぎない。

「そいつはどうもありがとう」

「お前のことは覚えておく」

マヤは夜空を見上げた。雲の影ひとつない。仙台のスラムとは違い、数え切れないほどの星が瞬(またた)いている。きれいだと思った。

リボルバーが至近距離で鳴った。銃口から噴き出る炎が見えた。衝撃波が左耳の鼓膜を貫いた。耳鳴りがしたきりで、なにも聞こえない。火薬の臭いが鼻の奥を刺激する。

痛みはなかった。弾はマヤの横の地面をえぐったからだ。撃った前園自身が当惑する。瞳孔を開かせながら。

「なんだ――」

前園の電柱のような脚が、グラグラと揺らいだ。やつの口から黄色い胃液が噴き出した。苦痛に顔を大きく歪めながら、首の傷をガリガリと爪で掻きだす。傷の裂け目が大きくなり、あふれた血液が前園の巨体を濡らす。「ぐおっ」

マヤは地面を転がり、前園と距離を取った。

星を見つめたときに死を覚悟した。まさかこれほどとは思わなかった。

カプセルの中身を見くびっていた。生きるためなら手段を選ばないのがマヤの流儀だ。荒木が自殺用にプレゼントしてくれたカプセルの中身。茶色い粉を短刀の刃にまぶしていた。

前園のコンタクトレンズがずれ、黒色の瞳が覗いた。胃液だらけの口を大きく開け、苦しげにあえぐ。首の傷口を掻くというよりも、筋肉をむしり取っている。引きちぎられた皮膚が、ゴムのように延びて垂れ下がる。

「あの男か――」

前園は掠（かす）れた声で言った。唇を動かしてなにかを呟（つぶや）いていたが、片方の鼓膜が破れていて、うまく聞き取れない。

マヤは深く息をついてから立ち上がった。

「地獄に堕とすしかないってさ」

マヤの言葉が耳に入ったのかはわからない。やつは両膝をつき、ぜいぜいと呼吸をする。マヤとしても、前園に敬意を払うことにした。やつとの戦いは、たしかにどんなドラッグからも得られないスリルがあった。緑のブツは手に入らなかったが、これほどガツンと来る体験は久しぶりだ。

前園の後ろに回り、首を切りつけた。掻きむしっている指ごと切り裂く。何本か指が飛んだが、痛みは感じなかったはずだ。脊髄を切断された前園は動きを止めた。両腕をだらりと下げ、前のめりに倒れた。

最大の敵を屠ったからといって、感慨にふけってる暇はない。前園の命を奪ったとはいえ、マヤが生き残れるとは限らない。何発もの銃弾が派手にぶっ放された以上、前園の残党や山賊が駆けつけてきてもおかしくはない。今は五歳児とケンカしても、勝てる気がしなかった。ドスをベルトに差し、前園のリボルバーを拾い上げた。

何度も膝をつきながら、森から道へと戻った。風景は変わらない。ＳＵＶは木に衝突したまま動いていない。運転手はぐったりとしていた。

マヤたちのハーレーは、道路のまん中で横倒しになっていた。荒木がシートにもたれながらうなだれている。森から脱出したマヤを手を振って迎えた。だがその表情は複雑だ。微笑んでいるようにも、泣いているようにも見える。

「終わったよ」

「……んだが」

　マヤはSUVを見やる。

「あれを鳴らしてくれたおかげ」

「銃声がしたもんだがら、なにかできることはねえかとな。まともにやり合ったんじゃ、あいつには勝てねえべ」

「あたしを恨んでる？」

　荒木は首を大きく振った。

「いいや。こう言っちゃなんだが、おめえがあいつを殺れるとは思ってねがったんだ。だから、おれがあいつと刺し違えるつもりでいたんだ。今となっちゃ、おれだけがおめおめ生きてていいのか、わからなくなってくる」

「死ぬというのなら止めないけど、なるべくなら生きていてくれると助かるよ。あんたにまで死なれると、あたしが勝手にあの村で暴れたように思われちまうから。それに、あんなに土地がみじめになってくのをぼやいてたんだから、やっぱ死んだらまずいんじゃないの？　少なくとも収容所暮らしなんかしないで済むように、なんとかしたらどう？」

「そいつは並大抵のことじゃねえな」

「こうして生き残るのだって並大抵じゃなかったよ」

荒木は顔を手でぬぐった。涙が溶けて、靴墨を塗りたくったように、額や頬が黒く汚れる。

「教えてくれねえか？」

「なにを？」

「覚えておきてえんだ。世のなかには、おめえみてえなやつがいるってことを」

「桐崎マヤ。仙台で暮らしている普通の悪ガキだよ」

「普通ってことはねえべした」

「地元じゃ、ちょっとは知られてるかも。でもネットの情報は当てにしないでね。あることないこと、好き放題に書かれててさ」

荒木は目を丸くする。マヤは彼にリボルバーを渡した。

「気をつけて、まだ弾が入ってるから。それとも、あんたも警察のスパイかなにかだと思ってるの？」

荒木は微笑んだ。

「いや、信じるさ」

「嬉しいよ」

マヤはハーレーのハンドルに手をかけた。「さあ、うだうだやってても仕方ない。

起こすの手伝って」

　背後でガチリと金属が噛みあう音がした。マヤはバイクのハンドルに手をやったまま言った。

「撃鉄じゃなくて、バイクを起こせと言ったんだけどな」

「……本当にただのズベ公だったとはな」

　後ろから暗い声がした。荒木のものとは思えない、粘り気を帯びた口調だった。

　背中に硬いものが当たる。リボルバーの銃口だ。マヤは冷ややかに言った。

「爺さん、なんのつもりだよ」

「動くんでねえ。おめえの実力なら充分見させてもらった」

　マヤは目をつむった。

「失敗したな。本当はあんたが仕切っていたってことか」

　荒木は鼻で笑った。

「そういうことだな。あだなガキどもだけで管理なんかできるわけねえべ。警察や役所の連中をグズっと言わせねえようにするためには、地元の年寄りの知恵ってもんが必要だず」

「逃走の手助けをしてくれたのは、あたしの正体を知るためだね」

「おれが智和に提案した。おめえはいくら拷問されたところで、口を割るような類の女じゃねえ。智和もその点では同意したずね。おれが味方のフリして近づくのが一番だってよ。しかし、まさか本当に大麻目当てでやってきただけのズベだとはな。それだけが誤算だべ。たしかにおめえは、警察(サツ)なんかが飼い馴(な)らせる代物じゃねえ。野良の臭いがしみついてやがる」

「あたしのチンケな正体を暴くために、ずいぶん派手に手駒を失ったと思うけど？　大切な息子さんとか」

「あだなガキはいくらでも集められる。なんなら、おめえが後釜に座るか？　おれの娘としてよ」

「遠慮しておく」

「おれもおめえを味方にするつもりはねえ。賢すぎるガキってのは嫌いなんだ」

思い当たる点はいろいろあった。荒木と最初に出会ったときからだ。部屋にいた老人たちは異様に怯えていた。あれはマヤじゃなく、支配者である荒木を怖れていたのだ。

それにさっきのバトルもそうだ。前園がクラクションに大きく反応したのも、味方である荒木に裏切られて動揺したからだろう。

マヤは背後の荒木に言った。

「あのさ、毎日なに食ってたら、そんな犬のクソみたいに醜(みにく)くなれるの？」

すらすらと答えてきた荒木だが、今度の返答には時間がかかった。

「……おめえな、田舎だからってナメんじゃねえぞ。おめえらと同じよ。生き残るためならなんでもやる。ふざけた口利きやがって。おめえ、自分がクソじゃねえとでも思ってんのか？」

引き金を引いたのか、撃鉄の落ちる音がした。だが発砲音はない。息を呑む荒木の気配が伝わる。

マヤはゆっくりと振り返った。荒木は目を大きく見開いている。リボルバーの引き金を二度、三度と引く。撃鉄が落ち、シリンダーが回転するが、肝心の弾が出ることはない。

「入ってる薬（やつ）きょうはすべて使用ずみ」

マヤの腕が動く。ベルトから抜いた短刀が荒木の下腹に吸いこまれる。刃が深々と埋まる。

荒木は身をぶるぶると震わせた。

「どうしてだ」

「どうしてでしょう」

荒木はうまく演じていた。元温泉施設の廃墟で助けてくれたときは、本気で恩人だと感謝した。寝てもいいとさえ思った。

「鼻がいいって言ったじゃん。いい酒飲みすぎなんだよ」

マヤは自分の鼻をいじった。バイクを一緒に駆ったとき、荒木の身体からは、スコッチの香りがかすかにした。その事実を知って、ちょっと涙が出た。前の晩、荒木は高級ウイスキーを嗜んだようだ。元学校や温泉施設では、他の臭いに圧倒されて気づけなかった。

ドスを引き抜く。荒木は仰向けに倒れた。血と糞便の臭いがした。刃が腸を裂いたのだ。

「なんにしろ、今はあんたがクソまみれ」

マヤは気合を入れ直してハーレーを起こす。スターターにキックをかますと、一発でエンジンがかかった。機械だけはマヤを裏切らない。

荒木は苦悶の表情を浮かべながら身をくねらせた。絶叫が星空にまで響く。短刀についた毒が回ったようだ。

「長生きしてね」

腹の傷を掻きむしる荒木にやさしく言葉をかけた。今度ばかりは、嘘をついていない。できるだけ長く苦痛に苛まれながら、地獄に堕ちてほしかった。敬意を払うに値しないやつには、それ相応の死をくれてやる。それもマヤの流儀だ。

マヤは鋼鉄の馬を走らせる。なにも実りもない戦いではあったが、最後までスジを通せたことに満足した。

夜の冷たい秋風が吹きつけてくる。熱でじんじんと痛む肌には心地よかった。もっと風を感じたくなって、ハーレーのスピードをさらに上げた。

インタビュー2

あいつが震災孤児ってのは本当だ。おまけに故郷は汚染されたまんまで、未だに入ることもできねえらしい。気の毒だと思うが、だからと言って、犯罪に手を染めていいって理屈にはならねえだろう。今度は、おれとマヤの話をしろってか。あんまり、いい思い出はねえな。あいつには、してやられてばかりだったから。

サーチ＆デストロイ

1　暗闇にドッキリ

玄関のほうで爆発音がし、桐崎マヤは目を覚ました。

爆発の衝撃で部屋がビリビリと震え、テーブルのワイングラスや水パイプが倒れる。

「な、なに？」

寝起きのマヤは状況がわかっていない。あたりはまだまっ暗だ。

自分の寝室にはいたが、なぜかベッドではなく、フローリングの床にひっくり返っていた。後頭部や背中が痛む。

足がいやに重たいと思ったら、ブーツも履いたままだ。ジーンズのボタンが外れ、ショーツが丸見えになっている。

「おえっ」

頭痛と胸のむかつき。部屋に充満するワインとラム酒の臭いに反応し、胃がやたらと暴れ出す。ひどい二日酔いだ。

テーブルの周りには、大麻（クサ）と酒で夢気分になっている仲間が三人転がっている。鼓膜が震えるほどの爆音なのに、どいつもこいつも天に舞い上がったままだ。

「おい、起きろ！」

マヤは、眠りこけている仲間らを怒鳴りつけた。女たちは、気持ちよさそうな顔で眠りこけている。

脳みそが非常ベルを鳴らした。マヤの手がテーブルに伸びる。最大の味方であるシースナイフを手に取る。それにベッドのマットレスに隠した折り畳みナイフや西洋剃刀。それら一切を着ていたライダースジャケットのポケットに突っこむ。

「マヤさーん、やばいっす。警察(ポリ)ですよう」

リビングにいる手下のユカが知らせてくれた。大麻(クサ)の成分が頭に残っているらしく、口調はアホみたいにのんびりしている。

男たちの怒号が、ユカの警告を掻き消した。ドカドカと床を踏み鳴らす音がする。

「警察だ、そこを動くな！」「じっとしてろ！」「ガキども、撃ち殺すぞコラ！」

寝室のドアは開けっ放しだ。いくつもの赤いレーザー光線が寝室に届き、暗い室内を赤く染める。

急襲してきたのは宮城県警のＳＡＴだ。連中はレーザーサイトつきの短機関銃を持っている。

「一体、なんなんだよ」

マヤは呟いた。たしかに自分たちは善良な市民とはいいがたい。警察との攻防は日常茶飯事だ。

しかし、今回はあまりにものものしい。押し寄せる警官たちから殺気さえ感じる。

マヤは右手に握っていたシースナイフを、ブーツにつけた鞘にしまった。武器を手にしているとわかれば、その場でダース単位の銃弾を喰らいかねなかった。連中の引き金はえらく軽い。

かつての警察は、銃など気軽に撃ったりしなかった。急増する外国人労働者、未曾有の大災害、超格差社会や超高齢化社会、その他もろもろ。日本国内の犯罪件数が急増し、殉職する警官の数も増えた２０ＸＸ年の現在、短機関銃やショットガンまで所持しては、毎日のようにぶっ放している。宮城県警も例外ではない。

不快を訴える身体を叱りつけ、彼女はなんとか立ち上がる。

「起きろったら」

仲間たちの頬を叩いたが、反応はかんばしくない。ひとりは身体をくねらせて、床にゲロを吐くだけだった。返事の代わりに屁をこくやつまでいる始末だ。

ユカが叫ぶ。

「マヤさん、逃げてえ」

デカい男性警官が、寝室の戸口からぬっと姿を現した。フルフェイスのヘルメットと防刃ベストで身を固めている。仙台署刑事課の〝テーザー〟篠原だ。

やつの右手には、愛用のテーザー銃が握られている。電極発射式のスタンガンだ。

五十万ボルトの電流で、のべつまくなしに市民を感電させることから、その名がついた。左手には逮捕状がある。

マヤは顔をしかめた。〝話のわかる〟警官が増えるなか、篠原は融通の利かない石頭で知られる犬だった。やつはマヤを睨みつけた。フェイスシールド越しに見える目は、ギラギラと嫌な光を放っていた。

「桐崎マヤ！　強盗放火殺人容疑で逮捕だ！」

「……ああ？」

篠原の両脇を武装警官が固める。ふたつのレーザー光線がマヤの胸に向けられる。

「刃物を全部捨てろ！　マヤ……てめえ、ついに堕ちるところまで堕ちやがったな！　隠し持ってる武器（エモノ）全部捨てて、神妙にしやがれ！」

「なんだと、この野郎」

篠原はじりじりと距離をつめる。

「話はゆっくり署で聞く。刃物（ヤッパ）捨てろ！　今すぐ捨てろ！　電流喰らわすぞ！　それとも鉛弾（なまりだま）喰らいてえか！」

「どっちも嫌だよ、バカ」

マヤは視線をそらした。首を傾けて、篠原の後ろのほうを見やる。思わず彼はつられて後ろを向く。ケンカにおける初歩的なトリックだ。

その隙を狙った。マヤは脚に力をこめ、寝室の窓へとジャンプする。

「おい、お前——」

篠原がわめく。

マヤは腕で頭をかばい、カーテンごと窓ガラスを突き破った。

住居（ヤサ）はマンションの四階にある。カーテンをレールから引きちぎり、地上十五メートルから落下した。窓の下は駐車場。彼女の身体は、セダンの屋根に叩きつけられた。

落下したマヤによって車の屋根は大きくへこみ、フロントガラスが派手に砕け散る。背中と尻をしたたかに打ちつけ、ただでさえ不機嫌だった胃が悲鳴をあげた。口から胃液が噴き出す。

「おえ……」

屋根を転がって地面に降り立った。脳を揺さぶられたせいか千鳥足になる。

「お、お前、ふざけんな！」

四階から篠原の声が聞こえた。ガチャガチャと装備品を鳴らして、制服警官が駆け寄ってくる。

「ちくしょう……」

マヤは歯を噛み締めた。

東の空がうっすらと明るくなっている。こんな朝っぱらから、どうしてバカげた大スタントを繰り広げなくてはならないのか。わけがわからない。

しかし、怒っている暇はない。マヤは頬を叩いて活を入れ、路地に向かって駆け出した。

2　無情の世界

背中がずきずきと痛みだした。

マヤの住居は仙台市内の古いマンション街にある。市営地下鉄の北四番丁近く。せせこましい道路をジグザグに走り、警察の追跡をひとまず撒(ま)いた。このぐらいできなければ、この街でアウトローとしてはやっていけない。

南へ走って国分町へ。東北最大の歓楽街で、夜はギャングと娼婦(しょうふ)であふれ返るが、朝の今時分はひっそりと静まり返っている。ゴミ袋を漁るカラスも、最近はめっきり見かけなくなった。あちこちのスラムでは、カラスやハトを捕まえては焼き鳥にする、商魂たくましい激安酒場がいくつもある。

マヤは雑居ビルの屋上へと逃げこんだ。

この歓楽街に限らず、どこも警察や町の自治会が仕かけた監視カメラが目を光らせている。だが、ここはマヤのホームタウンだ。カメラの位置なんてすべて把握している。

マンションやコンビニ、自動販売機にもカメラが設置され、すべてのレンズから逃げ切るのは不可能だ。だが、警察にリアルタイムで姿を捕捉されない限り、ある程度の時間稼ぎはできるはずだ。

マヤは、屋上に設置された太陽光パネルの陰に隠れた。その時点で脳内のアドレナリンが尽き、やがてダイブしたときの痛みに悩まされた。

鏡でケガの具合を確かめたかったが、見なくてもおおよそ見当はつく。内出血と痣でひどい色をしているだろう。四階から飛び降りて、死ななかっただけ儲けものと考えるしかない。とはいえ、これほどのダメージは久しぶりだ。

二か月前、マヤは山形へ向かった。自生した大麻（クサ）がわんさか採れるという噂（うわさ）を耳にしたからだ。山奥の小村でいかれた悪党に襲撃された。

猟銃で手下の頭をぶち抜かれ、マヤ自身も袋叩きにあった。脱出するため、連中を殺（バラ）し、逃亡用にバイクも拝借した。けれど、それが事件化したという話は聞いていない。悪党とつるんでいた村の警官や役場の人間が、おそらく必死で揉み消し工作を行い、表沙汰になるのをふせいだのだろう。

仙台署の刑事が踏みこんできたからには、山形の一件とは別物のはずだ。いずれにしろ仲間や手下たちは、根こそぎパクられてしまったが。

「冗談じゃない」

マヤは痛む背中をさすりながら呟いた。

彼女は幼いころに震災で家族を亡くし、親戚中をたらい回しにされた挙句、劣悪な児童養護施設に預けられた。そこから脱出して、ひとり仙台の繁華街へと逃れてきた。以来、あらゆる法を破って生きている。今日もさっそく、大麻取締法違反と器物損壊罪がついた。生ゴミの臭い漂う朝の国分町を見渡しながら、マヤは自分が犯した罪について振り返った。

分をわきまえないチンピラやギャングを締めるのは日常茶飯事だ。変態客に翻弄される娼婦たちのトラブル処理を請け負ううちに、管理売春の罪に問われたこともあった。地下格闘技に出場し、賭博罪で追われたこともあれば、ＡＴＭの無人店舗にユンボで突っこんだこともある。少女少年院にもぶちこまれた。罪の数を勘定するのは不可能だ。

マヤは首をひねる。いくら記憶をほじくり返しても、この街で強盗放火殺人なんてした覚えはない。

なにがなんだか。情報を掻き集めたかったが、携帯端末も手元にはない。たとえ持っていたとしても、電源を入れた時点で、居場所を警察に悟られてしまう。

下のストリートや路地をくまなく見渡す。通りの入口に設けられた針時計は七時を指していた。たびたび警棒型のスタンガンを持った武装警官や、電動車のパトカーを見かけた。唾を引っかけたいという衝動をじっとこらえ、お目当ての人間を探す。そろそろジュンペイが顔を見せるころだ。

　マヤがあたりを見渡すと、やはりビルの間にある狭い路地で、ぞろっとしたロングコートを着たジュンペイが、キャリーケースを引きながら、酒の収集に精を出していた。

　彼は酒場の裏口に積んである空き瓶を逆さに振り、底にたまったワインやウイスキーの滴を、愛用品の水筒に入れ、オリジナルカクテルを作っている。

　マヤは指を口に入れ、屋上から口笛を鳴らした。

　空き瓶の中身を吟味していたジュンペイだったが、二度三度と吹いているうちに、屋上のマヤに気がついた。岩石みたいな、いかつい顔を空に向ける。

　ジュンペイは裏カジノの用心棒や、地下格闘技のファイターを務めていたが、長年のケンカ稼業がたたって、すっかり身体にガタがきたらしく、今は勾当台公園や国分町のサウナを転々とするホームレスとなった。

　彼はマヤに手を振ろうとしたが、途中で警戒するように周囲に注意を払い、キャリーケースを胸に抱えてビルへと入った。屋上へとたどりつく。

「やだ、マヤちゃん。聞いたわよ。マンションの四階からダイビングしたって。また伝説を作ったわね」

ジュンペイは笑顔で駆け寄ってきた。かつては腕自慢のワルも避けて通る強面として知られたが、暴力商売を引退してから、なぜか、おネエ言葉を用いるようになった。サウナで過ごすうちに、あっちの道に目覚めたらしかった。

「好きで作ったわけじゃないよ」

ジュンペイはハンカチを取り出した。それに水筒の酒を浸す。

「ケガは？　消毒ぐらいしなきゃ」

「大丈夫。あんたにボコられたときより、ずっとマシだから」

「やあだ、まだ覚えてるの？　あのときは、あんたが本気で殺す気マンマンだったからじゃない。玉袋がタヌキみたいに腫れ上がるわ、目に指を突っこまれるわで、大変だったんだから」

マヤは苦笑しながら、ジュンペイから水筒を受け取り、なかの液体を飲んだ。テキーラやウォッカがだいぶ入っているようで、二日酔いの胃が暴れ出したが、なんとか収まってくれた。迎え酒でもしなければ、憤りのあまり、物事もうまく考えられそうにない。

ジュンペイとは五回やり合った。あるときはストリートで、またあるときは地下格闘技場で。結果はたいがい引き分けか、マヤの反則負けだった。

ジュンペイは声のトーンを落とした。

「それにしても、強盗放火に、殺人というのはやりすぎじゃない？　いくらあなたが若くても、捕まったら十三階段行きよ」

「それ、マジで言ってんの？」

「あたしは思ってないけど……だってこれだもの」

ジュンペイは携帯端末をポケットから取り出した。ネットにつなぎ、ニュースサイトをマヤに見せる。さっそく早朝の騒動がニュースとなっていた。

仙台署は、一週間前に起きた泉区資産家強盗放火殺人事件の容疑者を十七歳の無職の少女と断定。現場に残された頭髪やナイフが決め手となったという。

捜査官が容疑者の自宅を急襲。しかし少女は窓から逃走。現在、宮城県警が行方を追っている……。事件の概要が記されてあった。被害者は六十代の老夫婦で、夫のほうは投資銀行の元役員。元銀行家のわりには、銀行をほとんど信用せず、自宅の金庫に数千万もの現金を保管していたという。犯人はそれをのきなみ奪ったうえ、家に火をつけて半焼させた。

「なんだよ、こりゃあ」

マヤは携帯端末を握りしめた。液晶画面の文字が細かく震える。

「ちょっと壊さないでよ」

ニュースにはさらに続きがあった。少女宅からは乾燥大麻を発見。その場にいた少女の友人らを、大麻取締法違反で現行犯逮捕している。

マヤはさらにカクテルを飲み、考えをめぐらせた。いくら罪の勘定などできないといっても、一週間前のことぐらいは覚えている。マヤはまったく関係がない。アーケード街や国分町をうろつく毎日で、泉区の住宅街なんてところには、一年以上も足だって踏み入れていない。老夫婦の名前もたった今知った。

「あのアホ警官（ポリ）。なに考えてんだよ」

「とりあえずパクられなかっただけマシだと思わなきゃ。襲ってきたの、テーザーでしょ？」

「しつこいだけが取り柄のゴキブリだよ。クソクソクソ！」

マヤは親指の爪を噛んだ。

少なくとも、追われる理由はわかった。大きな前進だったが、問題の深刻さも思い知らされた。誰かが罠（わな）を仕かけたのだ。事件が起きた一週間前ぐらいといえば……。

マヤは携帯端末を指さした。

「このケータイ、売ってくれる？」

「毎度どうも」

ジュンペイは当たり前のようにうなずいた。今はトバシの携帯端末や、偽造したクレジットカードを売るビジネスマンでもある。

「それじゃ行かなきゃ」

マヤは携帯端末をポケットに入れ、ジーンズの埃を払って立ち上がった。ジュンペイが訊く。

「どうするの。まだ警官がうろうろしてるわよ」

「ネオナチ野郎のケツをしばきに行くよ。ハメた野郎は生かしちゃおかない」

マヤは屋上の出口へと走り出した。

3　駆け足の人生

マヤは路上を駆けた。

人通りの多いアーケード街を避け、細い路地を選びながら、東へ東へとひた走った。普段なら十分もかからないはずの距離だ。巡回する警官たちをかわすため、ビルのなかへ隠れ、コンビニにまぎれ、停車したトラックの下に潜りこんだ。

線路の高架橋を渡って、仙台駅の東口に出たころには、だいぶ日が高く昇っていた。榴岡（つつじがおか）町の古びたマンション街へと到る。区画整理が中途半端（はんぱ）な土地で、車一台分の幅（はば）しかない路地が、まだまだあちこちに伸びている。

マヤはひたすら移動しながら記憶を調べた。

泉区の事件が起きる三日前、マヤらは〝仙台ピースメーカー〟のスキンヘッズとやり合った。童貞くさい告げ口野郎どもが、正義面をひっさげて街をうろつくウザい自警団だ。

空手道場経営者の代田白道なるおっさんが創設したグループで、不登校の少年や悪ガキの更正、健全育成や地域社会の保全を目的として結成された。夏はあちこちの祭りで激しいダンスを行い、冬は海岸や広瀬川で寒中水泳をやる。なにかと暑苦しいアピールをする連中だ。

しかし理想と現実がかい離するのが世の常で、実態はといえば、覚えたての空手と、群れることで優越感に浸るチンピラに過ぎない。警察がバックについているのをいいことに、ジュンペイやマヤのようなアウトローはもちろん、外国人にも因縁をつけるレイシスト集団だ。

十日前のことだった。マヤが酒場でひとり酒を堪能していたところ、このハゲ頭たちが無粋な邪魔を入れてきた。ガキに酒なんか飲ませやがってと、顔なじみの店主を吊るし上げ始めたのだ。

憩いの時間をぶち壊されたマヤは激怒した。携帯端末を握って、警察に密告しようとするメンバーたちを、シースナイフで切り刻んだ。

敵の数は四名だ。新撰組を気取り、〝三番隊隊長〟なる恥ずかしい肩書を背負ったハゲの頭を重点的に蹴り上げた。

その隊長が率いていた連中は、入りたてのやつばかりで、ウォーミングアップにもならなかった。眉のあたりをナイフで切り、出血で視界がさえぎられただけで、どいつもこいつもパニックを起こした。

――お前みたいな売女（バイタ）が、この国をダメにするんだ！

捨てゼリフを残して、逃走を図る隊長に、刃渡り十センチのダガーナイフを投げつけた。かなり酔っぱらってはいたが、尻の中央に突き刺さるのを見て、大笑いしたのを覚えている。乱闘となったさいにパンチを数発もらい、マヤは頭髪を摑まれてもいる。

マヤは、ナイフや剃刀を衣服のいたるところに隠し持っている。それゆえ苗字（みょうじ）になぞらえて切り裂きマヤなる異名がついた。最近なくした刃物といえば、そのダガーナイフぐらいだった。隊長がケツにナイフを刺したまま逃げたからだ。

駆けながら思う。今となって考えれば、かなり奇妙な一件だった。仙台ピースメーカーとの抗争は今回が初めてではない。しょっちゅう、マヤのグループにしこたま痛めつけられているため、最近は、あまり正面からぶつかってこない。もともとマイノリティや弱いものイジメに精を出すのが、連中の習性だった。さんざんマヤに尻を蹴とばされているというのに、未だに逆らってきた理由が解せなかった。露骨に因縁をつけられたのは久しぶりだ。

なぜやつらは、負けるケンカをわざわざ売ってきたのか。じつに不思議だ。そのケンカの三日後、強盗殺人事件が発生。現場からは、マヤの髪や刃物が発見された……。その謎について、とっくり解説してもらう必要がある。

榴岡町には、代田道場の古いビルがある。筆文字で書かれた道場の看板とともに、二階の窓には〝仙台ピースメーカー総本部〟という文字のテープが貼られてある。入口には、代田の講演会のチラシがベタベタと貼られてある。大災害や他国からの脅威に立ち向かうために、我が国はどうあるべきか。〝弛緩した国民に今こそ喝を〟と、偉そうなタイトルが記されていた。

道場の前には、赤いジャンパーを着た丸坊主頭の男が、暇そうに携帯端末をいじっていた。

マヤは彼に向かって突進し、勢いをつけてドロップキックを喰らわせる。彼女の両足をまともに胸板で受けた男は、三メートルほど吹き飛んだ。アスファルトをゴロゴロ転がる。

着地したマヤはビルを見やった。ガラス張りの道場内には人気がない。ピースメーカーの事務所は二階だ。

ポケットから折り畳みナイフを抜いた。刃を開く。倒れた男は痛みに悶え、苦しげに呟きこむ。

ナイフの刃で男の頬をぴたぴた叩いた。マヤを知っているのか、男の顔色が青ざめていく。

「代田先生はいらっしゃる？」

男は首をガクガクと縦に振った。

「何人？」

若い男の目が泳ぐ。マヤがナイフの刃で二階を指すと、また何度もうなずいた。

「さ、さ、三人。先生も入れて。なんで――」

「ありがと」

マヤはニコっと笑い、ナイフを握った拳でストレートを放った。顎を打ち抜くと、男の目が虚ろになった。脳震盪を起こし、ぐったりと眠る。

男のズボンを漁り、財布を奪った。なかには一万円札が一枚だけ入っていた。紙幣だけをいただき、財布を路上に捨てる。男をビルのなかへと引きずり、階段の下に隠すと、忍び足で階段をのぼった。折り畳みナイフをしまい、ブーツから主力武器のシースナイフを抜く。

事務所のドアノブに触れた。深呼吸をし、一気に扉を開け放った。扉の近くには、赤ジャンパーの男が二人いた。パイプ椅子に座り、テーブルを囲んでコンビニ弁当を食っている。その姿は無警戒だ。

マヤは微笑んだ。弁当を食っているひとりは、尻でダガーナイフを盗んだ三番隊隊長だった。テーブルの向かい側に陣取っていたが、マヤを見る目は今にも飛び出しそうだった。やはり、野郎が嵌めやがったのだと直感する。

マヤは、背中を向けている男の右腕を刺した。彼は魚のフライを食べようとしていたが、箸とフライを床に落とし、椅子ごとひっくり返った。ナイフの柄を振り下ろし、彼の鳩尾に叩きつける。男は短いうめき声をあげ、白目をむいて失神した。

隊長は椅子から立ち上がっていた。マヤの顔に左拳を放つ。防御が間に合わず、マヤの頬にパンチが当たる。頬骨にひしゃげるような痛みが走るが、首をねじってダメージを最小限にふせいだ。

マヤは、その隊長の左拳を摑んだ。テーブルにやつの手を叩きつけ、その上からシースナイフを振り下ろす。刃はテーブルごと刺し貫いた。隊長の手を串刺しにし、動きを封じる。

隊長が叫び声をあげた。マヤは告げる。

「会いたかったよ。じっくり訊かせてもらうからね」

「おれはなにも知らねえ！」

マヤは隊長の尻を蹴り上げた。隊長がさらに大音量の悲鳴をあげる。ダガーナイフで刺された傷は癒えていないようだ。

「よくもハメやがって。サルのケツみたいにまっ赤にしてやる」

事務所の奥から怒号がした。

「ちょっと待てぇ！」

奥の執務机に代田がいた。かけていたメガネを外し、マヤを睨みつける。

代田は空手家らしい、がっしりとした身体の中年男だ。精悍な顔の二枚目だが、近いうちに市議選に出るため、韓国で整形手術をしたという噂がある。手下と違って、パリッとしたスーツを着用していた。

「桐崎マヤ……いよいよとち狂ったか。ここには強盗するだけの金は置いてないぞ」

「とち狂ったのは、てめえのほうだろ。ヒーローきどりのクソたれが。それとも、あんたが絵図を描いたのか？」

代田は革張りの椅子から立ち上がった。顔を歪ませる。

「なにをほざいているのかわからんが、いい機会だ。とっととゴミを排除して、警察に引き渡してやる。あの世で被害者の方々に詫びるといい」

スーツを脱ぎ捨て、代田は静かに近づいてきた。マヤは腰を屈め、ポケットから折り畳みナイフを出した。刃を開く。

「奇遇だね。あたしもいいチャンスだと思ってるよ、ネオナチ野郎のくせしやがって。白黒つけてやろうじゃないの」

「この小娘！」

代田は正拳突きを放った。マヤは思わず目を見張る。タコができたごつい拳をぎりぎりでかわす。パンチによる突風が、マヤの髪をなびかせる。

さらに代田は左右の正拳突き、それに下段蹴りのコンビネーションと、矢継ぎ早に攻撃を仕かけてきた。パンチの連打をかわしたが、下段蹴りを太腿に喰らった。バットでフルスイングされたような硬い衝撃が走る。

マヤは歯を食いしばった。膝が折れそうになるのを耐える。

代田を甘く見ていた。どうせ政治やPR活動にかまけ、ろくに鍛錬などしていないだろうと踏んでいた。どうやら大きな間違いで、やつはまだまだ現役の格闘家だ。

「楽しませてくれるじゃない」

「ほざけ！」

代田は左のミドルキックを繰り出した。マヤは脇を締め、それを右腕で受ける。上腕部がびりびりと痺れ、手首の骨がみしっときしむ。右手の感覚が失われ、折り畳みナイフを取り落とす。

マヤは代わりに左ストレートを見舞った。代田の胸に当たったが、タイヤみたいな硬さが拳に伝わってくる。

代田は、殴られた自分の胸を指でポリポリと掻いた。不敵な笑みを浮かべる。

「街ではだいぶ調子に乗っていたようだが、しょせん野良猫などこんなもの。これで終わりだ！」

代田の右の正拳突きに合わせ、マヤは後ろに飛び退いた。同時にテーブルへと左手を伸ばし、手下たちが使っていた弁当の割り箸を掴む。

マヤは一気に前へ出た。フェンシングの選手のように、しょう油で濡れた割り箸で、代田の喉を突いた。

箸はたやすく折れたが、代田の息をつまらせた。その隙を見逃さず、マヤは代田の股間を蹴とばした。やつは内股になり、カバみたいに口を大きく開ける。身体が前のめりになり、両手で股間を押さえる。

ガラ空きになった代田の顔面に、マヤは右肘を叩きこんだ。鼻と口の急所を打つ。代田の前歯が砕ける感触を肘に感じた。やつはうめき声を漏らして床に倒れた。口から泡を噴いて、身体を痙攣させる。

マヤは肩で息をし、隊長へと振り返った。

シースナイフで串刺しにされた彼は、自分の手から刃を引き抜こうとやっきになっていた。テーブルには小さな血の池ができている。

死闘を制したマヤは、折り畳みナイフを左手で拾った。顔の汗を手の甲でぬぐう。動きが取れない隊長へと近寄る。

「く、来るな、来るんじゃねえ！　化物（ばけもん）が！」

マヤは左手のナイフを振った。

隊長の首を軽く切り裂く。皮膚に一本のラインが引かれ、血が首からタラリとしたたり落ちる。

「これ以上、あたしを怒らせんな。〝知らねえ〟〝わからねえ〟はＮＧワードだよ。言ったら目玉をえぐり取る」

隊長は脂汗を掻きながら何度もうなずいた。マヤは質問をぶつけた。

「あんたが強盗殺人（ごうさつ）したの？」

「違う、違う。おれは……おれはただ頼まれただけだ。お前の持ち物を奪ってこいって。ツバでも髪でもタンポンでも、とにかくなんでもいいからって。おれも騙（だま）されたんだ」

「なんだそりゃ」

マヤは顔をしかめた。

「お前のファンだと言ってた。この街にいるんだ。お前をアイドルみたいに称（たた）える変態が。持ち物ならなんでもいいが、パンツや陰毛だったら、さらにボーナスを弾むと言われたんだ。ナイフも高く買うからって」

「それであんたはわざわざ因縁ふっかけて、ケツに刺されたダガーナイフと、あたしの大事な髪を売ったわけね。誰なのそいつ」

「知ら……いや、その。名前はわから……いや、そうじゃなくて、なんというか……不詳と言いましょうか……」

　隊長は血と汗でずぶ濡れになっていた。出血のせいで顔を青白くさせている。名前は知らないのだろう。

　マヤは隊長の尻に蹴りを入れた。やつは苦痛で顔を歪ませ、背をのけぞらせた。ズボンの尻がまっ赤に染まる。

「だったら特徴は？」

「ぶ、ぶ、無精ヒゲの太った男です。歳はおれの親父と同じくらいで、つまり四十代ぐらいで」

「そんなの腐るほどいる。もっと、おもしろいこと言え」

「ん、んなこと言われても知らね――」

　マヤはナイフを隊長の目に近づけた。やつは首を激しく振った。

「お、お、思い出しました。生白い顔したやつですけど、なんかやけに鼻だけ赤かったような気がしますです。トナカイみたいに」

「そいつにいくらで売ったんだよ。あたしの毛とナイフ」

「じゅ、十五万円です。最初は十万だったけど、ナイフが得られたんで、プラス五万円つけてくれて」

マヤは思わず絶句した。

「十五万だと……安い。そんな端金で、あたしをマジ切れさせたのかよ。バカすぎる。お前、十五万で自分の命を売る気だったのか。頭のなかにおが屑しかつまってないのか？」

「だから、おれはただの変態だと思ってたんだ。お前が噛んだガムでもタバコでもいいって、間接キスで楽しむつもりだとか、気持ち悪いこと、さんざん言うもんだから」

「うるさい。ちょっと黙れ」

隊長の証言から、マヤは推理した。

彼が売った相手はむろん変態じゃない。この手のバカを巧みに操って、警察の捜査をかく乱させる。荒っぽいだけでなく、他のワルに罪をなすりつけるのも忘れない。

マヤは、うかうか武器やら髪を提供した自分のうかつさを呪った。

罠を仕かけたのは、おそらく〝プランナー〟だ。貧乏人だらけのこの国で、レアな存在となった富裕層から金を奪い取る。殺しも放火も平気でやるが、自分で手を汚すことはない。金持ちの資産や家族構成などを調べ上げ、実行犯や逃走要員を用意する。

犯罪の計画を練る輩だ。

汚れ仕事である実行犯には、気の荒い中国人や食いつめたヤクザを雇い、プランナー自身は危険を冒さず、そして多くの取り分を得る。仙台には何人かのそうした頭脳勝負の悪党がいる。

「ナメた真似しやがって」

マヤは呟いた。ヒゲで肥満の白い顔の中年。鼻が赤い。マヤには心当たりがなかった。

隊長がおずおずと申し出る。

「すみません。ぼく、病院に行きたいんですが」

「あんたが行くのは警察んとこだよ。証言してもらうからね」

シースナイフを引き抜き、隊長の縛めを解いた。やつの背中を押し、事務所から連れ出そうとする。

ちょうどサイレンの音が耳に届いた。近所の人間が通報でもしたのか、パトカーが近づいてくる気配を感じた。犯罪が激増したこの街で、珍しく警察が早くやって来ていた。

マヤは脚のバランスを崩した。代田の下段蹴りが効いたらしく、脚が妙に重くなった。

「あ！」

隊長が悲鳴をあげて逃げ出した。穴の開いた血まみれの手を抱えて、事務所の出口を駆け抜ける。マヤは体勢を立て直し、隊長を追いかける。

「てめえ、逃げんな！」

「うわっ」

隊長の姿が急に消える。やつは階段を踏み外した。ゴロゴロとけたたましい音が鳴る。マヤは舌打ちした。

二階から下を見下ろした。階段を転げ落ちた隊長は、地面に倒れたまま動かなかった。

「ちょっと、止めてよね」

マヤが階段を駆け下りようとしたところで、間の悪いことにパトカーが次々にやって来た。マヤは怯んだ。

「う、嘘でしょ！」

パトカーから降りたのは篠原だった。

「やや！」

やつは一階に倒れた隊長と、二階のマヤを交互に見つめた。

「マヤぁ！　てめえ、お上をどこまでおちょくりゃ気が済むんだ！　桜の代紋ナメんなよ！」

「あたしのせいじゃないったら」

マヤは事務所に取って返し、倒れた代田を踏みつけながら奥へと向かった。

執務机には、キーホルダーがあった。車のキーがついている。それを奪い取った。

革椅子を担ぎ上げ、それを窓ガラスに放った。ガラスをぶち破ってから、彼女はまたビルの窓からダイブした。

4　幻惑されて

マヤは代田のアウディを走らせた。

車の免許なんか持っていないが、運転ならそこいらの走り屋にも負けない自信はある。

ただし、警察はすぐにマヤが、代田の車で逃走している事実に気づくだろう。公道は監視カメラが睨みをきかせている。時間との勝負だった。

ハンドルを握りながら、ジュンペイから買った携帯端末で電話をした。

かけた相手は、地方紙『東北民報』の鹿島だ。呼び出し音がするだけだったが、しつこく待っているうちに、やがてかったるそうに鹿島が出た。

〈はあい、もしもし。どちらさん？〉

「あたしよ」

〈あん？　誰だ？〉

「しゃきっとしてよ。そんな態度で仕事してると、せっかくのスクープを見逃すよ」

〈お、お前、マヤか〉

鹿島は息を呑んだ。急に早口になる。彼は警察（サツ）回りの事件記者で、街で派手な暴力沙汰が起きると、しょっちゅうマヤに話を訊きにくる。

〈おい、どこにいるんだ〉

「言えない。あいにく逃亡中だもん」

〈今、お前の話題で持ちきりだ。マンションから落っこちただけじゃなく、ピースメーカーの事務所に殴りこみをかけたらしいな。どういうこっちゃ〉

「強盗殺人の件だけど、あんた、あたしがクロだと思ってる？」

〈いいや〉

「こういう状況じゃ、バカ正直には答えられないか」

〈いやいやいや、そうじゃねえ。おれだって、いろんな悪党を見て来てるんだ。マヤ、たしかにお前は札つきのワルだが、外道じゃない。年寄りを殺して、金をごっそり盗むってのは、お前の流儀じゃないだろう。ぜひお前の言い分を訊かせてもらいたいね。

ちょっと、待ってくれ。録音の準備をする〉

ガサガサと音がした。鹿島がICレコーダーを回し始めたのだろう。

「がっつかないで。特ダネはあんたにあげるから。その代わり、教えてほしいの。あんた、プランナーを追ってたでしょう？」

鹿島はしばらく沈黙した。それから答える。

〈なるほど……やつらにハメられたってことか。連中は本物の外道だ〉

「あんたはやつらのいろんなツラを知ってるでしょ。肥満でヒゲ面の中年男みたいなんだけど、思い当たるやついる？」

〈わかるかよ。ヒゲなんか剃(そ)っちまえばそれまでだ。それに中年となりゃ、おれも含めて、見渡す限りメタボばかりだ〉

「生白い顔してるけど、鼻だけが赤かったって」

〈トナカイさんじゃねえんだから、そんな曖昧な情報(ネタ)寄こされてもよう……〉

鹿島はしばらく唸(うな)っていたが、思い出したように答えた。

〈ああ、そうか〉

「なに？」

〈〝小暮(こぐれ)オートサービス〟かもな。仙台港近くの小さな自動車整備工場で、そこの小暮ってオヤジがコカイン中毒なんだ。一日に何度も鼻からクスリを吸ってる。自動車窃盗団の買い取り先として、県警にしばらくマークされてた時期があったが、ルートの解明が進まなかったんで、今でも派手にワケアリな車の整備や、車の密輸入に励んでる〉

「そいつがプランナーなの？」

〈右腕ってところだ。プランナーは表には出ない。手下たちが集めた情報をもとにプランナーが悪知恵を働かせて、強盗や詐欺の計画を立案する〉

「ホントによく悪知恵を働かせてくれたよ。文字どおり、表に出られなくなるほど切り刻んでやる。ありがと」

〈おい、待て。お前に死なれちゃ、せっかくの特ダネが――〉

マヤは電話を切った。

ハンドルを両手で握り、アクセルを踏んだ。

鹿島の言うとおり、ハメた連中はやっかいな相手だ。葉っぱと酒と暴力で、毎日を適当に過ごすマヤのような不良グループや、自分たちを大きく見せたいスキンヘッズとは違う。

プランナーは悪党を駒みたいに扱い、警察の目さえも欺いてみせる。もっとも、篠原みたいな単細胞を操るのは、そう難しいことではないだろうが。

マヤは呟いた。

「待てよ」

街道沿いにはロードショップが並んでいた。

ガラクタだらけのリサイクル店、安いだけが取り柄のラーメンチェーン。毎月のように強盗に狙われる牛丼屋に、ドーム球場みたいにデカい家電販売店。ヤンキーが好む量販店……。

マヤはハンドルを切り、車をいきなりUターンさせた。けたたましくクラクションを鳴らされる。

一度過ぎてしまった量販店の駐車場に、車を無理やり突っこませた。ちょっと買い物をしていく必要がありそうだった。

※

寄り道をしたマヤは、仙台港近くのオートサービスへと向かった。

一秒でも早く駆けつけ、そこの工場主の口を刃でこじ開けてやりたい。しかし、マヤはそこをぐっと我慢した。

小暮の工場から二百メートルほど離れたところに停めた。セメント工場の裏側にあたる公道の路肩だ。小暮の工場からは見えない位置だ。

後部座席を振り向く。シートには、量販店で買い物した品物が積んである。ウェットティッシュや双眼鏡、それに大きな抱き枕だ。

血で汚れたナイフを、大量のウェットティッシュでぬぐい取ると、ライダースジャケットを脱ぎ、それを抱き枕の上にかける。ジャケットのボタンをきっちり留めて抱き枕を縦に置く。一種のカカシだ。

マヤは双眼鏡を持って、車から降りた。背中や太腿がずきずきと痛む。車から離れ、セメント工場のフェンスを乗り越えた。建物の雨どいを伝ってよじ登り、屋根へと這い上がる。

地面から十数メートルくらいの高さはあるだろう。ここからダイブせずに済むのを祈りながら、双眼鏡で彼女が乗り捨てたアウディの監視を行った。

潮風に吹かれながら十分ほど待った。晩秋の夕日が、早くもとっぷりと沈み始めた。空が赤から紺色に変わり始める。

マヤの予想が当たった。アウディに、三人の男たちが遠くから集まってくる。油で汚れたツナギを着ているが、目つきが鋭く、暴力の気配を漂わせていた。一目でカタギではないとわかる。小暮の仲間であり、プランナーの手下たちだ。

やつらが集まってきたのには理由がある。車のなかのライダースジャケットのポケットに、ジュンペイが売ってくれた携帯端末が入っているからだ。

なんのことはない。顔の見えないプランナーは、マヤのすぐ近くにいた。彼女は自分をハメた相手に、自分の位置を教えながら逃げていたのだ。

怒りに任せ、猪突猛進で小暮の工場に攻撃を仕かけていたら、きっと返り討ちにされていただろう。なにせ相手は手ぐすね引いて待っていたに違いないのだから。

マヤに気づくきっかけを与えてくれたのは、記者の鹿島と単細胞の篠原のおかげだ。ピースメーカーの事務所を襲ったとき、なぜかまっ先に駆けつけてきたのは篠原だった。マヤがそこへ向かうのを知っていたかのように。あの電気銃刑事に、ジュンペイがマヤの立ち寄り先を密告したのだろう。

ツナギの男たちは、周囲に人気がないことを確かめ、ポケットから銃身の短い拳銃を抜き出した。じりじりと慎重にアウディへと距離をつめる。

ツナギの男たちには用はなかった。工場の表側に回りこみ、雨どいを利用して滑り降りる。工場の敷地には、ヘルメット姿の従業員たちがいたが、いきなり屋上から少女が落ちてきて、ギョッとしていた。彼らが驚いている間に門を走り抜ける。

セメント工場の向かい側にある、小暮オートサービスへと突入した。アウディに敵を引きつけた効果はあったようだ。敷地内にはグシャグシャに潰れた事故車やタイヤのない車の残骸が転がっているだけだった。

小さな整備工場は、ガソリンスタンドの建物みたいに、整備場と事務所が分かれている。工場の事務所の窓は、すべてブラインドが下りていた。なかはうかがえない。

マヤは地面に落ちたナットを拾った。ブーツの鞘からシースナイフを抜き、事務所の出入口まで近づいた。

左手でナットを事務所の窓に投げた。窓ガラスが割れると同時に、事務所のドアを開けた。なかに身を滑りこませる。

サスペンダーをつけた太った男がいた。隊長の証言どおり、鼻がまっ赤だ。手にした拳銃を、割れた窓ガラスに突きつけている。

「あっ！」

太った男は、出入口から侵入したマヤに気づき、銃口の向きを変える。その前にマヤがシースナイフを投げつけていた。

ナイフが男の右手首を刺し貫く。小暮と思しき太った男は、銃を取り落とす。

マヤは西洋剃刀の刃を広げた。小暮のサスペンダーを切断すると、彼が穿いていたスラックスが脱げ落ちた。

無言のままブリーフのなかに手を突っこみ、男根を摑み出すと、剃刀を振り上げる。

小暮は叫んだ。

「待て待て待て！」

「うるさい！　死ね！」

マヤは剃刀を振った。

「おれの負けだ！　止めて！」

剃刀の刃をギリギリで止めた。切断された陰毛が床に落ちる。

「あんたのボスはジュンペイで、お前らはあたしをハメようとした。そうだろ？　切り落とされたくなかったら、うなずけ」

小暮は唾を呑んだ。

「そ、そうだ。やつが計画を立てた」

「さっさと来な。場所を変えて、ゆっくり聞かせてもらう」

マヤは男根を引っ張った。

「痛(いで)でで、止めてくれえ」

「こっちだって、好きで触ってんじゃねえよ。引きちぎられたくなかったら、きびきび歩け」

マヤは小暮を事務所の外へと連れ出した。

「社長！」

外に出ると、ツナギの男たちがいた。アウディにマヤがいないと悟り、すぐに戻ってきたらしい。ツナギの三人が拳銃を向ける。

マヤは小暮の男根を強く握った。小暮は悲鳴をあげる。

る。

「潰れる！　お前ら、止めろ！　撃つな！」

ツナギの男たちは悔やしそうに顔を歪め、拳銃を持った手を下ろした。マヤが命じる。

「ボケっとするな。武器を捨てるんだよ」

男たちに拳銃を捨てさせ、涙で顔を濡らす小暮に指示する。

「あんたの車は？　ドライブしようよ」

小暮は敷地の隅を指さした。クズ鉄や中古車に混じって、ピカピカに磨かれたSUVがある。

小暮は訴える。

「歩く、歩くから、チンポコ引っ張らないでくれ」

小暮とともにSUVに向かって歩く。

マヤが助手席に乗り、小暮を運転席に座らせた。やつの右手に刺さったシースナイフを抜き、ハンドルを握らせた。エンジンを始動させ、SUVを公道へと移動させる。

小暮の部下たちを工場に残して。

彼の胸ポケットには携帯端末が入っていた。マヤはそれを抜き取ると、助手席の窓から捨てた。位置を知られるのは、一度で充分だった。

小暮の首に剃刀の刃をあてて訊いた。

「このへんで公衆電話は？」

「公衆電話？　んなもん、今どきあるかよ。あっても、みんな壊されてる」

「他人事みたいに言うなよ。ムスコの命がかかってんのを忘れないでね」

マヤは、剃刀で彼のブリーフを裂いた。小暮は背筋を伸ばす。

「お、思い出した。一か所だけある。この近くのショッピングモールなら、使えるやつがあると思う」

「そこへ向かって」

港の広い公道を走る。宵の仙台港は、ヘッドライトをつけたトラックやトレーラーが行き交う。

署に直接向かうのは危険だ。カッカしている警察に行けば、マヤが警官からボコられかねない。電話で篠原に真相を知らせる必要がありそうだ。

冤罪を認めさせた後が楽しみだった。マヤには顧問弁護士がついている。金にしか興味がない悪徳法律家だが、腕は悪くない。篠原と警察に吠えヅラを掻かせるいいチャンスだ。

マヤは質問した。

「格闘家を辞めたジュンペイは、引退した後にプランナーへ転職したのね」

「……みすぼらしいホームレスに化けちゃいるが、市内にいくつも不動産を持ってる。

金持ちから奪って、あの野郎もいっぱしの富豪になった。最初から用心棒だの地下格闘技なんかやってたのも、そうやって慎重に裏の人脈を築くためだ。タニマチやマフィアとコネを作りながら、ファイターをやっていた」

「そんなにずる賢い野郎だったとはね」

不思議と怒りが湧かなかった。

殺された老夫婦や、エサにされた金持ちには気の毒だったが、アウトローのルールは世間とだいぶ異なる。勝てば官軍。チンピラに挑発され、うかうか自分のＤＮＡや凶器を提供したマヤが悪だ。なんとかするには、逆転ホームランをかますしかない。

小暮は口を曲げた。

「ジュンペイはよく言ってた。お前にはとびきりのトラップを用意すると。それだけお前を恨んでた。ファイター時代、お前に睾丸（こうがん）を潰されたからな」

マヤは舌打ちする。

「んなもん、まだ根に持ってたのかよ。一個だけなのに」

小暮のずり下がったスラックスのポケットには、財布が入っていた。目撃したマヤは、手を伸ばして財布を奪った。小暮は叫ぶ。

「あ！」

なかには現金やカードが入っている。それらを無視し、中身をひとつひとつ確認した。

　マヤは笑った。半分に破れた紙幣があった。中国の二十元紙幣で、茶色い毛沢東の顔が半分に千切れている。

「なるほど。お宝は馬（マー）おばさんの金庫にあるんだね。いいもの見つけた」

　小暮の顔色が一段と悪くなった。

　中国人女性の馬が経営する地下銀行で、マヤもかつては口座を持っていた。指紋だのＩＣチップだのと、通帳やキャッシュカードがハイテク化していくなかで、ずっと紙幣の割符で金のやり取りを行う。ジュンペイや小暮の犯罪を示す有力な証拠となるはずだ。

　ショッピングモールの建物が見えてきた。マヤは割符と小暮の財布をヒップポケットにねじ入れる。

　マヤは小暮の頬を剃刀の刃で叩いた。

「悪いけど、あたしが勝たせてもらう。あんたは、ジュンペイに罪を押しつける算段でも練ってればいい」

　そのときだ。対向車線を走っていた大型トラックが、いきなりセンターラインを越え、マヤらが乗っているＳＵＶへと突っこんできた。

5　地獄に堕ちた野郎ども

ガソリンや排気ガスの臭いがした。

「うっ……痛え」

マヤは頬をなでた。擦過傷ができたらしく、掌に血がべっとりとつく。

アスファルトに肘をついた。マヤの側には、逆さまにひっくり返ったSUVがある。天井はグシャグシャに潰れ、タンクからはガソリンが漏れだしている。

衝突寸前にマヤはドアから脱出した。その直後、ジュンペイが運転する大型トラックは、SUVを豪快にはね飛ばした。

マヤは匍匐前進しながらSUVに近寄った。窓から運転席を見やる。

車と同様に逆さまになった小暮がいた。バックドロップでも喰らったかのように、後頭部を天井に押しつけたまま、背中を丸めていた。首が異様な角度に折れ曲がっている。死んでいるのは明らかだ。

「クソッ」

マヤは立ち上がろうとした。

腹に衝撃が走る。強烈なキックを打ちこまれ、マヤはアスファルトを転がった。

呟きこみながら見上げると、ロングコートを着たジュンペイがいた。いつもは酒でぼんやりとした目をしているくせに、今は地下格闘家のときみたいに、威圧的な視線を向けてくる。やつの右手にはリボルバーがあった。

「こんなにガソリン臭いと、銃は撃てそうにないわね」

ジュンペイは、リボルバーをコートのポケットにしまった。太い腕で右フックを打ってくる。

マヤは反射的にそれを額で受けた。頭蓋骨の分厚い部分でパンチを受ける。それでも目の前を火花が散り、意識が薄れかけた。

ジュンペイは右手を振った。

「おお痛い。まだ抵抗するなんて。マヤ、あんたマムシよ。頭を切り落とされても、あきらめ悪くのたうち回る。おかげで大切な手下まで死なせちゃった」

「あんたがバカなだけだろ」

マヤは、自分の首を手でぴしゃぴしゃ叩いた。

「あたしの頭は、まだ切り落とされてない」

ジュンペイは怒鳴った。がらりと口調を変える。

「だったら、ここで首刎ねてやらあ！　とっとと死ねコラ！」

ジュンペイが左のミドルキックを放った。

マヤは右肘で受けると、やつは右脚を振り上げ、彼女の頭に踵落とし(かかと)を放った。マヤは上体をそらしたが、やつの革靴が額の皮膚をこそげ取る。

彼女は額に手をやった。生温かい血液が額を濡らす。

やつは身体にガタが来て、格闘商売から足を洗った。そういう触れ込みのはずだが、技のキレはちっとも変わっていない。むしろ速さが増したような気さえする。

ジュンペイが勢いに乗って右アッパーを繰り出した。マヤは思い切ってバク転をする。

地面に左手をつき、ジュンペイと距離を取る。着地と同時にブーツのシースナイフを抜く。ジュンペイの足元に力をこめて投げつける。アスファルトに衝突したナイフが火花を散らした。

ガソリンが発火し、SUVが巨大な火柱に包まれる。ジュンペイのコートにも引火し、やつの背中がカチカチ山になる。

「おお！」

ジュンペイはあわてて路上を転げまわった。コートを燃やす火は容易に消えない。コートを脱ぎ捨てようと試みる。

「熱い(あち)！　マヤ、てめえ！」

ジュンペイがコートを脱ぎ終えたところを見計らい、マヤはやつの顔を、サッカーボールみたいに蹴った。ブーツのつま先を口にねじ入れる。歯が何本も吹き飛ぶ。

ジュンペイは首をのけ反らせ、大の字になって白目をむいた。

とはいえ、相手はアカデミー賞並みの演技者だ。西洋剃刀で右足のアキレス腱をカットした。本当に失神したらしく、なんのリアクションも見せない。

マヤは着ていたシャツの袖で頬や額の血をぬぐった。

視界を明瞭にしてから、ジュンペイの顔のそばに屈みこむ。やつの額に剃刀で、〝ハンニンコイツ〟と刻んだ。

小暮が持っていた割符を地面に置き、その上に小石を載せる。いくらテーザーの勘が鈍くとも、ここまでやればわかるだろう……と思いたい。

パトカーや救急車のサイレンが遠くで聞こえた。

マヤはジュンペイのポケットを漁った。彼の正体を裏づけるかのように、なかにはゴムで丸めた現金が入っていた。四、五十万はあるだろう。

マヤは現場を立ち去り、ショッピングモールへと向かった。とりあえずパクられた仲間のために、差し入れの弁当と菓子を買っていこうと思った。

インタビュー3

今じゃ、あいつも殺し屋稼業にすっかり染まっちまったらしいな。ガキんときは、多少は可愛(かわい)げがあった……いやいや、全然なかったな。クソ生意気なガキだったさ。この街も急激に膨張していきやがっただろ。大災害のおかげで。人が増えりゃ腐った野郎も、エサを求めてやって来やがる。なのに、こっちは人手が足りねえ……だから、たまに手を組むときもあったさ。

ストリート・ファイティング・マン

1　夜の大捜査線

「なあ、ねえちゃん、待てや。一発やらせるために、ここで立ちんぼしてんだろう？おれはテクニシャンだぜ。ここらの相場はせいぜい一・五万だ。お前にだけ何倍も払って、天国にイカせてやろうってんだ。こんな上客見逃すんじゃねえよ。早く行こうぜ。なあ」

桐崎マヤは口をひん曲げた。

熱心に話しかけてくるのは、五十絡みのサラリーマン風の男だ。禿げあがった頭をギラギラ照からせ、酒臭い息を漂わせては、娘くらいの歳のマヤを追ってくる。

今夜だけで、何人ものスケベ野郎が声をかけてきた。たいていは、相場以上の値段を吹っ掛けるだけで、すごすごと引き揚げていったが、この男はキッチンの油汚れみたいにベタベタとしつこい。

マヤは公園の遊歩道を歩いた。ハイヒールがコツコツと鳴る。黒革製のミニスカートを穿いていたが、下半身がやけにスースーとして気持ち悪い。正反対に頭は金髪のウィッグのせいで暑かった。秋がいよいよ深まったというのに、夜になっても生暖かな風が吹きつけてくる。

「もしかして商売すんのは、今日が初めてなのか？　緊張してるのかな？　だったら、おれに任せろ。やさしくしてやるからよ」

マヤの歩調に合わせて、男が顔を近づけて囁いてくる。肌が粟立つのを感じながら、肩に提げたバッグのショルダーストラップを握りしめた。

思ったよりも忍耐が求められる仕事だ。いつもなら、こんなバカ野郎など、三秒で血だるまにしてやるのだが、下手に暴れ回るわけにはいかない。街娼に化けた意味がなくなる。

「うげっ」

マヤは小さくうめいた。男がマヤの手を握りだした。やつの掌はじとっと汗ばんでいた。

「お、けっこう掌が硬えな。これは苦労してきた女の子の手だ。金に困ってるんじゃねえのか？　相談に乗るぞ。力になってあげられるかもしれない。それとも腹減ってるか？　おじさんが寿司おごってやろう」

離れたところで、やはり街娼に化けた手下のリホが、不安そうに彼女の動向を見守っている。マヤはうなずいてみせた。いちいちキレていては、大きな仕事はこなせない。ボスとしての度量が試される瞬間でもある。

「遠慮しとくよ。せっかくだけど、今日はもう帰るところだから。またね」

マヤは男に微笑みかけた。愛想のいい笑顔になってるかはわからないが。男の手を振り払い、歩く速度を上げる。

歓楽街である国分町の近くにある公園だ。酔っ払い相手の街娼たちが立っている。人口が爆発的に増え、治安が乱れた仙台では、多くの女たちが春を売っている。女たち目当てに、光に集まる羽虫みたいに、鼻の下を伸ばした男たちが、ぞくぞくとやって来ていた。

周囲には、肌の露出の多い服と、派手な化粧で武装した女たちがひしめいていた。携帯端末を熱心にいじり、メールや電話で客引きをしている。言葉も日本語だけではなく、中国語や韓国語が飛び交っている。

マヤはため息をつき、手の甲で汗をぬぐった。公園の隅にでも逃れたかったが、女たちのボディーガードを務めるからには、そうもいかない。

「おい!」

男に背後から怒号を浴びせられた。これまでの軽薄な口調から、急に粗暴なものへと変わる。

「はあ?」

マヤが振り返ると、男は陰気な目つきで彼女を睨み、肩をいからせてつめ寄ってくる。

「人が下手に出りゃつけあがりやがって。売女のくせに調子に乗りやがって。なに様だ、コラ！」

「嘘だろ……」

下手に出てるのはこっちのほうだ。娼婦たちの視線が、マヤに注がれる。彼女は深呼吸をする。

「今日は体調が悪いの。ごめんね。あんまり大きな声出さないほうがいいよ。こわいお兄さんがやって来るから」

「うるせえ！　小便くせえガキが知ったふうな口利きやがって。こっちもな、新顔だからからかってやっただけだ。胸はねえし、ケツは小せえし、その脚も痣だらけじゃねえか。なんか病気でも持ってんじゃねえのか」

マヤの視界がまっ赤に染まる。バッグに右手を突っこむと、男に向かって右手を振り下ろした。銀色の閃光（せんこう）がきらめく。

「あ？」

男はきょとんとした表情を見せる。「コラ、クソガキ。なにしやがっ――」

男は、マヤに摑みかかろうとしたが脚をもつれさせた。スーツのスラックスがずり落ち、足首のあたりで引っかかっていた。毛で覆われた太腿や脛（すね）をさらけ出し、白のブリーフが現れる。

マヤの手にはスリングブレイドがあった。刃渡り五センチ程度の折り畳みナイフだ。刃は小さいが、厚みがあり、セラミック製で切れ味も鋭い。ベルトを切断するぐらい訳はない。

男は事態を悟ったのか、はっとした顔になって、露になった自分の太腿をなで回す。マヤはさらにナイフを振るった。ブリーフの布地とゴムを切る。ブリーフがはらりと地面に落ち、陰毛にまみれた男の局部が見える。

マヤはぶつぶつと呟いた。

「こ、これほど辛抱強く我慢したってのに。一体、なんなの。おっさん……おっさんよ、こんな粗末なブツで、どうやって天国にイカせんだよ……皮かむっててんじゃねえか」

「わわわ……」

男の顔がみるみる青ざめていく。あわてて内股になって、股間を隠す。

マヤは絶叫して、ナイフを振り上げた。

「感謝しろ！　今から特別に包茎手術だ、セクハラ野郎！」

「マヤさん、こらえて！」

後ろからリホに羽交い締めにされた。

「放せ、バカ！　こいつのチンポコ、魚のエサにしてやる！」

「ひえ！　あ、危ない。危ないからナイフ振り回さないで」

街娼の霧子が間に入った。あきれた様子でマヤを見やる。

「マヤ、あたしたちを守ってほしいとは言ったけど、暴れてほしいと頼んだ覚えはないよ」

「ああ？」

マヤは霧子を睨みつけた。マヤの視線を、霧子は涼しい顔で受け止めた。ナイフを持った切り裂きマヤに対して、これほど堂々と向き合うやつも珍しい。霧子はこのあたりの街娼のまとめ役でもある。

霧子は男に逃げるよう促した。汗だくの男はズボンを引き上げ、ワイシャツの裾が飛び出ているのも構わずに、公園から逃げ去っていく。

マヤはうなった。

「なんで勝手に逃がすんだよ。ムカつかせたやつから、ケジメを取らせんのは当然のことだろ」

そして背後のリホを振り払う。

「いつまで、くっついてんだ。放せ」

霧子はメンソールをくわえた。細長いシガレットをくゆらせる。

「あんなクソ野郎でも客は客なの。いちいちチンポコを切り落とされていたら、あたしたちが干上がっちゃう。商売の邪魔はしないでくれる?」

「なんだと?」

マヤは歯をむいて霧子に顔を近づけた。しかし、ゆっくり息を吐き、肩から力を抜いた。スリングブレイドの刃をたたむ。

「くやしいけど……あんたの言うとおり。ごめん」

「どういたしまして」

霧子はうなずいた。彼女には美しさだけでなく、貫録も備わっている。「誰もが必死なのよ。とくに西から流れてきた娘たちはね。家も身内もみんな失くしちゃったから、自分の身ひとつで稼がなきゃならない」

おそらく年齢は三十近くになるだろう。だが、デニム地のショートパンツがよく似合っている。ストレートに伸ばしたカフェオレ色の髪と日本人離れした長い脚。そこいらの十代の娘よりも華やかさがある。腰のくびれも背の高さもモデル並みで、とても一児の母とは思えない。

コワモテのヤクザや、マヤのようなアウトローにも怯まないが、昼間は山形市の会社で、ふつうに事務員をしているという噂だった。

マヤはバッグにスリングブレイドをしまう。代わりにウイスキーのポケット瓶を取り出した。キャップを外して一口あおり、霧子に酒瓶を渡す。

霧子は受け取り、ウイスキーを飲んだ。

「でもね、スカッとしたのは確かよ。あのスケベオヤジ、ここらじゃ有名なケチンボだから。調子のいいことばかり言うくせに、一発やった後は、いつもあんなふうに豹変するの。もうみんなに顔を覚えられてるから、新顔にしつこく言い寄ってくる。女をナメた客が増えたのは事実ね。おまけに例の件で、商売に身が入らなくなってる」

マヤは頬を歪めた。

「つまりは、ケツモチがだらしないってことだね」

「噂をすればなんとやらよ。よろしくね」

霧子はマヤに酒瓶を返した。

「任せといて」

マヤの目的は娼婦たちの盾となることだ。その役割を果たすには、まず実力のない〝前任者〟とカタをつけなければならない。女たちから一丁前にショバ代だけは取るくせに、仕事をしない名ばかり用心棒を排除する必要があった。

「どうした、霧子、なんかトラブルでも起きたのか？」

黒い格好をした三人のヤクザがやって来た。偉そうに胸を張って遊歩道をのし歩いている。

「さあ」

霧子は肩をすくめた。

黒い刺繍入りのジャージを着た若い男が、胡散くさそうに金髪頭のマヤを見やった。

「なんだお前、新顔か？　ここで商売したかったら、まずはおれたちにスジ通してからにしろ」

マヤは嘲笑った。

「冗談でしょ。役立たずのくせに」

「ああ？　なにぃ？」

ジャージ男は驚きの表情を見せた。頬をいきなりぶたれたような顔。思いもよらない返答に絶句する。

日焼けしたホスト風の男が睨みつけてくる。

「ちょっと待て。てめえ、いくつだ。十八にもなってねえだろ。ここは学校じゃねえんだ。先公と違って、ナメた口利いてると、説教だけじゃ済まねえぞ。事務所に引っ張られて、輪姦されてえのか」

「やれるもんならやってみな。チンピラ」

「んだ？　てめえ！」

ホスト風の男が顔を歪ませ、マヤの胸倉を摑んだ。男は拳を振り上げたところで、急にその動きを止める。

「うっ、てめえ……まさか」

「ほら、どうした」

「き、き、切り裂きマヤ」

マヤは、すでにスリングブレイドを握っていた。開いた刃を、男の腹に突きつけている。

「知ってんだったら、その汚い手をどけろ。ここが学校じゃないことは知ってるよ。あたしらの住処(ヤサ)に引っ張って、活け造りにしてやろうか」

ホスト風の男は、あわてて後ろに下がる。

「け、けっこうです」

マヤは、もともと仙台の裏社会では知られた顔だ。いくつもの刃物を武器に、ケンカ相手を切り刻んできたことから、切り裂きマヤの異名がついた。

三週間前、警察から強盗放火殺人の容疑をかけられ、住処(ヤサ)を重装備のＳＡＴに襲撃された。

罪を勝手に着せられたマヤは、必死の逃亡劇の末に真犯人を自身で捕まえ、県警の幹部どもに謝罪させた。ヤクザ以上にメンツにうるさいおまわりの頭を下げさせた。

そのニュースは、悪党たちの間で話題となり、さらに知名度が上がっている。

「桐崎マヤだと？」

ダークスーツを着た男が、ジャージの手下を押しのけた。Jリーガーみたいに、引き締まった身体をしたヤクザだ。

彼ならマヤも知っていた。二十代後半ながら、ジャージ男やホスト風より風格を感じさせる。陸前土井組の蔵馬勝宏だ。若いヤクザだが、組内では幹部の地位についている。

マヤの姿を認めると、手下と同様に顔を強張らせた。

「桐崎マヤ……ここでなにやろうとしてる」

「商売」

マヤは悪びれずに答えた。ヤクザらが気色ばむ。当然の反応だ。お前の縄張りを奪うと、宣戦布告をしたのだから。

若衆のジャージ男やホスト風が叫ぶ。

「戦争しようってか！」「調子に乗りやがって！」

ドスを利かせて怒鳴るものの、二人の瞳に浮かぶ怯みの色は、隠せなかった。

蔵馬は霧子に訊いた。

「どういうことなんだ。霧子」

「見てのとおりよ。あんたたちとはやっていけない。もう何人消えてると思ってんの？」

霧子はメンソールの煙を吐いた。蔵馬は手招きをした。

「場所を替えよう。立ち話で済む話じゃない」

「ここで充分。身体ひとつのビジネスだけど、命まで獲られる謂れはないわ。話はシンプル。死にたくないから、ここのお守りをマヤに託す。そういうことよ」

マヤは、スリングブレイドの刃をヤクザたちに向ける。

「要するに、あんたらが取るべき道は二つだけ。尻尾巻いて逃げるか、腕ずくで決めるか、そのどちらかってこと」

「こ、このガキ！」

刺繍ジャージの男が殴りかかる。それに合わせて、マヤは腕を動かした。男のパンチをサイドステップでかわし、ナイフの柄で男の鳩尾を突く。

ジャージ男が胃液を吐いて崩れ落ちる。同時に、マヤはホスト風の男の喉元に、ピタリと刃を突きつけた。ホスト風の男は短い悲鳴をあげる。

「遊びはここまで。今度はブスッといくよ」

マヤは蔵馬の動きを注意深く見つめた。

とはいえ、ヤクザはふだん武器など所持していない。それどころか、事務所にも置いてはいない。かりに拳銃や日本刀が警察に見つかれば、重い懲役刑を背負わされる。人でも殺そうものなら、無期懲役か十三階段が待っている。ヤクザでいるメリットなど、２０ＸＸ年を迎えた今ではほとんどない。

陸前土井組は、関東の広域暴力団印旛会の三次団体にあたる。古くから仙台の繁華街の一角を仕切っていた暴力団だが、組長が重度の糖尿病で自宅療養を余儀なくされ、若頭は恐喝で逮捕され、塀のなかに閉じこめられている。

組織の統率は乱れ、シノギもうまくいっていない。よその土地から流れてきたヤクザ、新興のギャングや外国人マフィア、マヤのような不良グループに縄張りを奪われつつある。

「おれの答えはこれだ」

蔵馬が予想外の行動に出た。マヤは面食らう。

彼は折り目のついたスラックスの裾を払うと、遊歩道の上に両膝をついた。そして頭を深々と下げた。マヤたちに土下座をする。

「今、争うわけにはいかねえ。先週、若頭が出所して、うちの組もようやくまとまりつつある。女たちに安心して仕事してもらうために、若頭は消えた女たちを全力で追ってる。上部団体はもとより、他の系列のルートも使って調べさせてるんだ。もう少しだけ、時間をくれ」

マヤに痛烈な洗礼を喰らった手下たちが、やるせなさそうに顔を歪ませる。

「兄貴……」

蔵馬は顔を上げた。

「桐崎マヤ。お前の実力はよく知ってる。それを認めたうえで言うが、若頭とお前がぶつかり合えば、お互いに無事じゃ済まない。お前が凄腕のナイフ使いだとしても、あの若頭には勝てはしねえ。ただし揉め事を起こせば、仮釈放で出た若頭はまた塀のなかに逆戻りだ。悪いようにはしねえ。どうか、おれの顔に免じて、引いてくれ。頼む」

マヤは眉間に皺を寄せた。

「微妙に挑発してるだろ。誰が勝てないだって？」

霧子は携帯用の灰皿に、タバコの吸い殻を押しつけた。地べたに座る蔵馬に言う。

「そんな浪花節、あたしらには関係ないでしょう。もうなにもかも遅すぎる。消えた娘は海外に売り飛ばされたって噂だよ。あたしらだって、身の安全を考えなきゃならない」

ジャージ男が動こうとする。

「てめえ……」

「止めろ」

蔵馬が手下を制した。唇を噛みつつ立ち上がる。

「出直してくることにしよう。桐崎マヤ、女たちを頼む」

「言われるまでもねえよ」

蔵馬は背を向け、遊歩道を引き返していった。手下の二人も兄貴分に従って踵を返す。

霧子はマヤに言った。

「これで引き返せなくなったわね」

「上等だよ。あんたこそ、腹くくってよね」

マヤはスリングブレイドの刃をハンカチで磨いた。ヤクザからシマを奪う絶好の機会ではある。

問題があるとすれば、陸前土井組の若頭である火野武志が、シャバに出てきたことだろう。蔵馬の言うとおり、やつは、化物じみた強さで知られる伝説の喧嘩屋だった。

2　用心棒

話を持ちかけられたのは三日前の早朝だ。

マヤの住居は仙台市内にある。市営地下鉄の北四番丁近くの古いマンションだ。四階にある部屋の窓ガラスは破れたままで、窓をブルーシートで覆っている。三週間前、SATや刑事に踏みこまれたさい、マヤが逮捕を逃れるために、ガラスをぶち破ったのだ。

マヤはウイスキーのロックを飲んでいた。周りの手下たちは酔いつぶれて転がっている。

マヤは訊いた。

「八人？」

「ひょっとしたら、もっといるのかもしれない」

霧子は缶ビールをあおった。

「おまわりはなにしてるの？」

「さあね。慰安旅行にでも行ってるんじゃない。なんにしても、娼婦なんかが姿を消したところで、あいつらは動いたりしないわ。悪党か変態に拉致られたんだと思うけれど、むしろ消えてくれて清々したと思ってるのかもね」

「ケツモチは？」

霧子は力なく首を振った。

「一昨日だけど、駅の周辺で客を引いてた娘が死んだわ。歩道橋の階段から転げ落ちて、首の骨を折ったらしいの。あたしと同じくらいの古株で、通りを必死で駆ける姿を、仲間が見かけてる。誰かに追われてたみたい。陸前土井組は、拉致したやつらを必ず見つけるって言ってるけど、いつになるんだか」

霧子は缶ビールを一気に飲み干した。マヤはウイスキーに口をつけ、しばらくしてから言った。

「……あんたが、あたしんところに来た理由がわかったよ」

「もう悠長に待ってはいられない。ヤクザから見たら、あたしらなんてただの消耗品だろうし、本気で守るつもりがあるのか、よくわからない。もし本気だったとしたら、もっと悲惨な話よ。そんなやつらにショバ代を払う気にはなれない」

マヤは腕組みをして天井を睨んだ。

決して悪い話ではなかった。仕事ができない悪党はただ消え去るのみだ。女たちのケアが満足にできないのなら、ケツモチをやる資格はない。

だが、陸前土井組をナメてかかれば大火傷を負う。20XX年現在、ほとんどの暴力団は県警に袋叩きにされ、解散に追いこまれている。外国人マフィアや愚連隊が跋扈するなかで、かろうじて生き長らえてきたのだ。

それを可能にしてきたのは、〝歩く暴力装置〟として知られる若頭の火野のおかげと言われている。

火野は先週、刑務所を出たばかりだ。恐喝罪で三年間を塀のなかで過ごしている。まだマヤは彼を目撃したことはない。しかし噂と伝説だけは、嫌というほど聞かされていた。

縄張り内のアーケード街で、覚せい剤を勝手に売りさばいていたギャングをひとりで壊滅に追いこんだ。

あるいは国分町の雑居ビルで、ひそかに地下カジノを運営していた中国人マフィアのオフィスに出向き、青竜刀や矛で襲いかかるメンバーたちを、レストランの椅子やテーブルを使って制圧した。そんなエピソードが山ほどある。

もっとも噂には尾鰭がつきものだ。どこまで本当かどうかはわからないが、難敵なのは間違いない。

霧子は訊いた。

「きっと、火野とぶつかることになると思う。それでもいい?」

マヤは、壁にかけてあったダーツボードにナイフを投げた。ナイフはダーツボードのブルズアイを刺し貫いた。

「超楽しみ」

「ありがとう」

霧子はビールの空き缶を握りつぶした。

「あたしらだって、生き残らなきゃなんない。ましてや、あっちから逃れた娘ならなおさらよ。あんたもそうでしょう、マヤ」

マヤはうつむいた。忘れていた記憶が蘇る。大津波に呑まれた家族たちを捜すため、海水でずぶ濡れになりながら浜を歩いてた。防護服を着た男たちに出くわし、ガイガーカウンターを向けられるのを。近くにある発電所から、もくもくと黒煙が上がっているのを。

霧子は言った。

「売女にだって、金を払う相手を選ぶ権利ぐらいはあるはずだしね。それと……もし拉致した連中を見つけたら、ナイフで切り刻んでほしい。みんな喜ぶと思うから」

「任せといて」

マヤはうなずいた。

3　リーサル・ウェポン

マヤは街娼に化け、女たちの新たな警護役を買って出たのだった。公園だけでなく、アーケード街や国分町を手下に見張らせている。

蔵馬が公園を去ってから二時間が経つ。日付が変わり、酔っ払いの姿も少なくなった。娼婦たちも客にありついたらしく、その数はだいぶ減っている。霧子も常連客とホテルへと向かい、今ごろは商売に励んでいるはずだ。

公園の敷地内には、次々とダンボール小屋やブルーシートのテントができ始め、ホームレスが夜を過ごし始める。ベンチには嘔吐物にまみれた学生が酔いつぶれていた。

ひっそりとした静寂を、携帯端末の着メロが破った。電話は手下のリホからだ。

〈き、き、来ました。来ました〉

「なにが？」

〈ヤクザですよ。例のアレ〉

「数は？」

〈ひ、ひとりです〉

「へえ」

〈超デカいっす。噂になるのも当然っていうか……ヤバいくらいデカいっす。ど、ど、どうします？〉

リホには公園の入口を見張らせていた。予想どおり、火野のお出ましとなったが、たったひとりだというのに、リホの声は完全にびびっていた。

マヤの手下はみんな武闘派ぞろいだ。リホにしても、体格こそ華奢で、大きな瞳を持った美少女だが、戦いにおける無慈悲さや残虐さはマヤと引けを取らない。見かけの美しさと違い、リホは仲間から〝スカンク〟という、ありがたくない渾名をつけられていた。

マヤが刃物を隠し持つのと同様に、リホはペッパースプレーをいくつも身に着けている。スカンクのおならみたいに、相手の顔にスプレーをかけて力を奪い取り、足腰が立たなくなるまで袋叩きにする。

　度胸も攻撃性も申し分ない女だが、たったひとりの男に圧倒されている。マヤは不思議に思った。

　リホがおそるおそる尋ねる。

〈ど、どうします？　不意打ちかましますか？〉

「あたしが相手するよ」

　不意打ちや待ち伏せを、マヤたちは得意としていた。しかし、リホの声の調子を考慮すると、今度ばかりは失敗する確率が高そうだった。腰の引けた先制攻撃は、ただ相手を怒らせるだけだ。

　マヤはバッグを地面に置いた。なかから革製のベルトを取り出す。ベルトにはホルダーがいくつもついており、なかには様々なナイフが収納されている。長大な刃のシースナイフからダガーナイフ、スリングブレイド、西洋剃刀などがある。

　霧子の依頼を受けたのは、評判の喧嘩師と一戦交えてみたかったからでもある。火野の実力次第では、今後の街の勢力図も変わるかもしれない。やつの本当の実力を知っておきたかった。

　ベルトを腰に巻きつけ終えたころ、威圧するような気配を漂わせながら、ひとりの男がマヤのもとへ、ゆっくりと近づいてきた。

ヤクザの幹部のわりに、火野は簡素な格好をしていた。服装はカタギと変わらない。黒のロングTシャツにベージュのスラックス。アクセサリーの類はつけていない。だが、彼がただ者ではないのは明らかだ。むしろ普通のカジュアルな姿だからこそ、より異様さが強調されている。マヤは身構えた。

火野は糸みたいな小さな目で、マヤを冷ややかに見下ろした。リホが驚くのも無理はない。

身長は二メートル以上はあるだろう。肩は、アメフト用のプロテクターでもつけているかのように広く、僧帽筋が発達しているため、首は富士山みたいな形をしている。Tシャツは大胸筋でパンパンに膨らみ、腕の太さも子供の胴ぐらいはありそうだ。刑務所（ムショ）のなかでも、ずっと肉体を鍛え上げていたらしい。

頬や額にはいくつもの傷痕があり、右耳の半分は千切れている。気の弱い子供なら、見かけただけで泣き出しそうな、凄惨（せいさん）なツラ構えだ。

マヤはホルダーのナイフに手をやった。

「だいぶ待ったよ。あんたが来るのを」

「お前か。うちにちょっかいを出してる愚連隊（グレ）ってのは」

「女たちの守護天使とでも言ってほしいね。ノロマなヒモには退場してもらうよ」

火野は無表情で言った。

「帰れ。ガキがうろつく時間じゃない」

「無駄にデカい身体してるくせに、あんたも手下と同じで、口だけなのかよ」

挑発したものの、火野は表情ひとつ変えない。

「おれが旅に出ていた間、ずいぶん派手に暴れていたようだな。お前の噂は聞いていた」

「それで、すっかり腰が引けたってわけだね」

「噂以上のじゃじゃ馬だな」

火野はシャツを脱いだ。和彫りの刺青と、分厚い筋肉の鎧(よろい)が露になる。彼の人生を物語るような、銃創と刀傷だらけの肉体だった。

マヤは微笑みかけた。ハイヒールを脱ぎ捨て、挨拶代わりにベルトからダガーナイフを抜いた。火野の喉めがけて投げつける。

火野は、シャツを巻いた左腕でふせいだ。ダガーナイフがシャツに突き刺さる。

二本目のダガーナイフを投げた。火野は、左腕でナイフを払いのける。

マヤは唇をとがらせた。幾多の戦いを経てきたが、投げたナイフを、これほどやすやすとふせぐやつは初めてだ。

ナイフが刺さったシャツを捨て、火野は遊歩道の端まで歩んだ。ベンチで寝ている学生を、芝生に軽々と放り投げ、ベンチを両腕で持ち上げる。

マヤはシースナイフを抜いた。自慢の脚力を生かして、火野との距離をつめ、連続で攻撃を放った。太腿から切りかかり、胃と鳩尾を突き、首筋を横なぎにする。しかし、そのたびに木製ベンチが、カツカツと乾いた音を立てた。火野はベンチを武具のように使いこなし、マヤの斬撃や刺突をふせぐ。

「クソッ」

マヤは後ろにステップした。背中を思いきりそらす。

目の前を猛スピードでベンチが通過する。火野が野球のバットみたいに振り回した。金髪のウィッグが吹き飛ぶ。頭を粉砕されそうな威力を感じさせる。

重たいベンチを空振りさせたものの、火野の身体は泳がない。マヤに隙を与えず、ベンチを斜め下から振り上げる。

マヤは地面に左手をつき、ブリッジをしてベンチをかわした。ベンチの角がマヤの顎をかすめ、風圧が彼女の髪をたなびかせた。まるで巨大な金棒を操る鬼だ。地面を蹴ってバク転を決め、火野から距離を取る。

火野の連続攻撃をかわし、マヤは遊歩道に両足をつけたが、彼女は顔をしかめた。膝がガクガクと震える。顎をかすめただけだというのに、脳を揺さぶられたらしい。

「なかなか……やるじゃない」

〝化物〟という噂は本当らしい。マヤ自身は心の底では疑っていたが。ヤクザやアウトローは、なによりもハッタリを好む。なにごとも話を特盛りにしなければ気が済まない人種だ。ほんの少しの小競り合いを、血で血を洗う大抗争であるかのように語り、大物と名刺交換しただけで、もはやツーカーの仲だと吹聴してみせる。それゆえ火野に関する伝説も、眉に唾をつけて聞いていた。

しかし、ほんの挨拶程度のやり取りだが、火野は掛け値なしのマジもんだと、すっかり思い知らされた。

火野は相変わらず仏頂面のままだ。隆起した右肩でベンチを担ぐと、ヤリ投げ選手みたいな投擲の姿勢に入った。

「嘘でしょ――」

マヤは地面に身を投げた。ミサイルと化したベンチが、頭上を通り過ぎていく。ベンチは、遙か後方へすっ飛んで行く。

マヤの身体を影が覆う。見上げると、火野の巨体があった。火野は右脚を上げていた。

象みたいな巨大な足がマヤの顔面を襲った。マヤは路上を転がる。ドンと重い音が響き、衝撃で地面が揺れた。喰らっていれば、頭は粉々に砕かれ、血と脳漿をまき散らしただろう。

火野は再び脚を上げた。今度は逃がすまいと、冷えた目で狙いを定める。

マヤの皮膚が粟立つ。だが同時に、パトカーのサイレンが聞こえてきた。赤色灯が夜空を赤く染める。

火野はサイレンが鳴る方向に目をやり、脚を静かにアスファルトへと下ろす。

「小娘が出る幕じゃない」

火野は攻撃の手を止めた。脱いだTシャツを拾うと、遊歩道をそれて、木々の茂みへと歩む。

マヤは歯ぎしりをする。まるでいいところがない。

「ふざけんな。あたしはピンピンしてる」

火野は答えない。そのすかした態度が気に食わない。

「格好つけてんじゃねえ。落ちぶれヤクザのくせに」

火野の背中に彫られた毘沙門天(びしゃもんてん)に文句をぶつけた。しかし、やつは意に介さなかった。

「おい！　そこでなにしてる」

防弾防刃ベストを着た巡査たちが、装備品をガチャガチャ鳴らして、遊歩道を駆けてくる。

マヤは立ち上がって、裸足のまま逃げ出した。足の裏に小石がぶつかり、痛みが走る。負け犬になったような気分になり、顔が火照った。

「ちくしょー！」

　マヤは遊歩道を走りながら絶叫した。

4　あぶない刑事（デカ）

「はあ？　なに？」

　マヤは訊き返した。手下のユカからブーツを受け取る。

「だから、すげー変な動物がいたんすよ。マウンテンゴリラが赤いドレス着てて。ズラまでかぶってましたよ。八木山（やぎやま）の動物園から逃げてきたんですかね」

　定禅寺通り（じょうぜんじどお）の並木道だ。公園から逃亡しながら、住居（ヤサ）で留守番しているユカに電話をかけ、衣服とブーツを持ってこさせた。街娼に化けるのを止め、ライダースジャケットとジーンズを着用する。

　ユカの呑気（のんき）な言葉が、マヤの頭を熱くさせた。ただでさえ火野にいいようにあしらわれ、虫の居所が悪かった。

「お前、また隠れてチョコ食ったろ」

　チョコはハシシの隠語だ。ユカは仲間内でもっとも大麻を好む。霧子から依頼を受けてから、グループ内では大麻を禁じている。ぼんやりと平和的な気分になり、戦闘意欲が削がれてしまう。

ユカが首を勢いよく振った。

「やってないっすよ！　ホント、ホントですって！　ここ来る途中で見かけたんすから！」

「あのさ、かりにゴリラが動物園から逃げたとして、なんでドレス着て、ヅラかぶってんの？」

「知らないっすよ！　あたしが教えてほしいくらいですもん。なんなら案内しますよ！」

ユカはムキになって答えた。チョコのつまみ食いを隠したくて、依怙地になっているだけに思える。

「くだらねえ見間違いだったら、二十回ケツバットね」

「いいっすよ！」

ユカは頬を膨らませ、大股で歩き始めた。こんなボンクラ頭のために時間を割いてる場合か。自問自答しながら、ユカの後をついていく。

定禅寺通りは、杜の都を代表する並木通りだ。ケヤキの巨木がそびえたち、枝や葉によって街灯の光がさえぎられる。夜は独得の暗さに包まれる。

道路の中央に設けられた歩道には、その暗闇にまぎれて、トウが立った娼婦や男娼が、道を行く車に向かって客引きをしている。

晩翠通(ばんすいどお)り近くまで来たところで、ユカは急にはしゃぎ始めた。

「いた、いた、あれっす」

「どこだよ」

「あれ！　あれ！」

ユカは横断歩道のほうを指さした。

そこには青信号を渡る人間がいた。ハイヒールを履き、きちんと二足歩行で歩いていた。なにがゴリラだ。思わずキレかかって、ユカの頭を引っぱたこうと、右手を振り上げる。

マヤは手を止めた。

「あれって……」

ゴリラではないにしろ、後ろ姿はかなりいかつい。肩はむやみにゴツゴツとしている。火野の巨体といい勝負だ。そのくせ真紅のナイトドレスを着用し、ゆるくパーマのかかったカフェオレ色のウィッグをかぶっている。女装した男など、このあたりでは珍しくないが、もはや怪奇派のプロレスラーに近い。

マヤの肩が揺れた。自分でも不気味に思えるほど、底意地の悪い笑い声が漏れる。

「マヤさん？」

「でかしたよ、あんた」

マヤは車道へと飛び出した。横断歩道の信号はすでに赤に変わっている。走っていたタクシーが急停車し、タイヤがスキッド音を立てる。「バ、バーロー!」運転手が窓から怒鳴る。

マヤは、携帯端末のカメラモードを起動させ、男娼へと駆け寄った。

背後から急襲された男娼は、振り向いてマヤに気づき、身体を硬直させた。

「げえ、桐崎マヤ!」

「こんばんは、刑事さん。あんたにそんなイカした趣味があったとはね」

携帯端末のタッチパネルに触れ、大男に向けてカメラのシャッターを切った。大男は両腕を上げて、顔を隠そうとする。

「おい、やめろ! てめえ、逮捕(パク)るぞ!」

「またまた。急に恥ずかしがることないよ。自分に正直になるのはいいことだと思うよ」

マヤは意に介さず、何度もパネルを指で突いた。

男娼は警官だった。仙台署の刑事課にいたテーザー篠原だ。電極発射式スタンガンのテーザー銃で、のべつまくなしに市民を感電させることから、そんな二つ名がついた。強盗放火殺人容疑でマヤを追い回したものの、彼女に真犯人を捕まえられ、大恥をかいた。

もともと〝話のわかる〟腐敗警官ぞろいのなかで、篠原は袖の下を受け取らない希少種であったため、署内でも浮いた存在だったらしい。これ幸いと、誤認逮捕の責任を取らされ、田舎町の交番に飛ばされたはずだった。

「バカ野郎、違うってんだよ！」

女装姿の篠原が怒鳴った。さすがのマヤも怯んでしまう。ただでさえ、獅子舞みたいなゴツい顔だというのに、さらに厚く塗った化粧のおかげで異様な迫力が生まれている。

「じゃあ、なんだってての。ここはもう、あんたの庭じゃないだろ」

「うるせえな。放っておけるかよ」

篠原は低く唸った。

「ネタは上がってるんだぜ。おめえらが陸前土井の連中を向こうに回して、女どものお守りをやるってことはよ。人さらいがあちこちに出没していて、女たちは震えあがってるからな」

「……」

マヤは絶句した。ユカは〝女装したゴリラ〟と言い表していたが、あながち間違いではない。こんな姿でうろつけば、逆に多くの人の目を集めるだけだ。

頭のネジが一本抜けているが、他の警官が見向きもしない事件を単身で追跡するなど、篠原の猪武者ぶりは相変わらずのようだった。きっと手柄を立てて、刑事に復帰するつもりでいるのだろう。

マヤは篠原を上目で見上げた。

「拉致グループの目星はついてんの？」

「お前なんかに教えてたまるか。誰のせいで、おれがこの街から追い出されたと思う」

「あ、そう」

マヤは携帯端末をいじくる。

「ちょっと待て……なにしてる」

「聞くまでもないでしょ。その素敵なドレス姿をお仲間に見てもらうんだよ。とりあえず写真を、県警本部と仙台署にメールしとくよ。明日から、あんたはみんなのアイドルだね」

「止めろ、コラ！」

「おっと」

摑みかかる篠原を、マヤはサイドステップでかわした。

「お、お前ってやつは、血も涙もねえのか」

「血も涙もないのは、女を拉致るクソ野郎のほうだろ。ここは協力しあって、ともに凶悪な犯罪を撲滅しましょうよ」

「こいつ……どのツラ下げて言いやがる。いいだろう……その代わり、なにか摑んだら、おれにも知らせろ。必ずだ」

「もちろん」

マヤは神妙な顔でうなずいた。

篠原はブランド品のバッグから、タブレット型ＰＣを取り出した。一枚の画像をマヤに見せる。

映っているのは日本人の若い娘だった。ウレタン製のボロいソファに腰かけている。黒いキャミソール一枚着ただけの姿。一目で健康状態がよくないとわかる。頰は瘦せこけ、顔色は青白い。目に生気はなく、表情に力がなかった。部屋はどこか外国の売春宿に見える。室内は赤いランプの妖しい光に包まれていた。

「ここだ」

篠原がディスプレイの下部を指さした。マヤは眉をひそめた。娘の脚は一本しかない。

篠原は言った。

「このあたりで客引きしていたヒカルって家出娘に似てやがる。三週間前から姿を見なくなった。ちなみに脚は二本あった」

「この画像はどこで?」

「会員制のアングラサイトだ。カリブ海の島にあるサーバーを経由して、動画が配信されている。動画そのものを見せてやってもいいが、確実に気分が悪くなる。撮影場は東欧のどこかで、このあと覆面男たちに、ヒカルは生きたまま解体された。最悪のスナッフビデオだ。さらわれた女たちは、海外に売り飛ばされているらしい」

篠原の話を聞くだけで吐き気がした。

「どこの連中が、そんな人身売買を手がけてるの?」

「それがわかりゃ、こんな格好でうろつきゃしねえ。子飼いの情報屋に当たっても、正体が見えてこねえんだ。外国人マフィアにしろ、ギャングのガキどもにしろ、最近は派手な動きをしてねえんだ。とくに陸前土井組にはな。落ち目のヤクザ集団とは言っても、若頭の火野がシャバに出たってんで、下手にちょっかいを出すのは控えてるんだ。お構いなしなのは、お前らぐらいだ」

「でしょうね……」

マヤは手で顎をなでた。掌に血がわずかにつく。火野の攻撃によって、傷がついている。たしかに火野はただ者ではない。

携帯端末が震え、思考を半ばでさえぎられた。霧子からだ。

「もしもし?」

〈マヤ、ああ、よかった。あなたは無事なのね〉

彼女は急いた調子で言った。

「どういうこと?」

〈あなた、どこにいるの?　さっきから、リホさんの姿が見えないのよ〉

5　デス・レース20XX年

マヤはドゥカティを走らせた。

県道235号線を西に進んだ。国道4号線の仙台バイパスに出たところで、イタリア製のバイクはスピードをさらに増した。メーターは百六十キロを超えている。山形で、愛車のカワサキをオシャカにされてから買った新車だ。

タンデムシートの篠原が叫んだ。

「お、おい!　スピード落とせ!　コラ、速度違反だぞ!」

「うるさい!　黙って乗ってろ!」

リホは何者かにさらわれた。疑いの余地はない。公園内の敷地で、彼女が愛用している催涙スプレーの缶が見つかっている。周囲にはスプレーのオレンジ色の液体が散らばっていた。

リホのバッグには、ＧＰＳ機能がついた携帯端末が入っている。位置を確認してみると、バイパス沿いにある雑居ビルを指し示した。

篠原がわめく。

「ひえ、落ちる！　頼むから、ゆっくり走ってくれ！」

「もう一度訊くけど、ビルのオーナーは火野なんだね」

「そ、そうだって言ってんだろ。勘弁してくれ」

あのクソ野郎。マヤは心のなかで呟いた。火野の言葉を思い出す。

――小娘が出る幕じゃない。

ハンドルを握りしめる。ナメた口を叩きやがって。いくら暴力に長けた腕を持っていても、しょせんは落ちぶれヤクザでしかなかったということか。

他の組織に動きがないとなれば、今回の拉致は火野自身がやっている可能性が高い。女を守るよりも、売り飛ばすほうに方針転換し、自分の脚を喰うタコみたいに、手っ取り早く金になるほうを選んだのだ。なにしろ、人間なら続々とこの街に流れてくる。

ＧＰＳの位置が、その推理を裏づけている。

「もう着いたよ」

ドゥカティは雑居ビルの駐車場に入った。

低層階の古い建築物で、それぞれの階には、ラーメン店や消費者金融、台湾マッサージやパキスタン料理店などが入っていて、無国籍で統一感のないネオンが輝いている。最上階には火野の息がかかった雀荘があった。

バイクから降りたマヤは、シースナイフを抜き出した。ビルへと突進し、ヒビの入ったコンクリ製の階段を上がった。篠原が後をついてくる。

「おい、抜け駆けはなしだと言っただろうが」

ビルには、いくつもの防犯カメラがついていた。テナントとして入っている台湾マッサージやラーメン店から、制服を着た店員が飛び出してきては、マヤらの行く手を阻んだ。階段の踊り場で睨み合う。

「なんだ、お前ら！」

どれもカタギとは思えないくらいに、人相の悪い連中ばかりだ。着ている制服の隙間から、ちらちらと刺青が覗けた。

店員たちの目は、マヤよりも篠原に釘づけになった。

「うわ、化物！」

「誰が化物だ、そこどけ！」

狭い踊り場は男たちで揉み合いとなる。店員たちの注意が、篠原に集中する。マヤはその隙をつき、店員の間をすり抜け、階段を駆けあがった。

雀荘のガラスドアを開けた。店内の人気は少ない。下の騒ぎに気づかないまま、サラリーマン風の男たちが、隅のほうで卓を囲んでいた。火野やリホの姿は見当たらない。

「ちょっと待て、お前――」

蝶ネクタイを締めた店員が、マヤを見とがめた。彼女は返事をする代わりに、シースナイフを喉元に突きつけた。

「リホはどこ」

「な、な、なんだ……強盗かよ」

店員は顔を青ざめさせる。

牌を打っていた客らが、泡を食ったように椅子から立ち上がる。マヤは左手でダガーナイフを投げ放った。ダガーナイフが麻雀卓に突き刺さる。

「見せもんじゃないよ。黙って麻雀してな」

客らは青い顔で椅子に座り直した。

店員をスタッフルームへと案内させる。机や応接セットが置かれた狭い部屋だ。リホはいない。火野もいない。店の奥には、店長らしきワイシャツ姿の中年男がいた。袖をまくった腕には和彫りの刺青が彫られてあった。売上の計算に勤しんでいたらしく、デスクには現金が並べられてあった。一万円札の束を手にしたまま、ナイフを持ったマヤを、ぎょっとした顔で迎える。

店員を突き飛ばし、中年男に尋ねた。

「リホをどこにやった？」

「お前、き、桐崎マヤじゃねえか」

「質問してんのはこっちだよ。目ん玉えぐられたいのか」

中年男まで距離をつめ、ナイフの刃先を眼前に突きつけた。もう一度問いつめる。

「あたしの仲間はどこだよ。ケータイのＧＰＳが、ここを示してんだ。とぼけてると、耳から削いでいくぞ」

「なんのことだ……」

マヤはシースナイフを振った。中年男が絶叫し、右耳を押さえた。血が机の上の現金に散る。

「次は鼻だ」

「やめろ、切るな。ここには女なんて来てねえ。本当だ。嘘じゃねえよ！」

マヤは部屋の隅のスチール棚に目を走らせた。棚の上には、見覚えのあるブランド品のバッグがあった。店員らの動きに注意を払いながら、マヤは棚へと近づき、バッグを手に取る。やはりそれはリホが持っていたものだ。

マヤはバッグを摑んだ。

「だったら、こいつはなに？」

店員が涙声で答えた。

「それなら、店のカウンターに置きっぱなしになっていたやつだ。客が忘れていったもんだと思ってた。誰が持ってきたのかは知らねえよ」

「火野は今日、ここに来た？」

「若頭？　若頭なら……さっき、ここに顔を見せた」

マヤは唇を嚙んだ。なぜリホのバッグがここにあるのか。いずれにしろ、火野が拉致に関わっているとしか思えない。

「やつはどこ？　素直に教えてくれる？」

マヤは中年男の頰を刃でピタピタと叩いた。耳からあふれる血で、刃が赤く染まる。

「こ、この時間なら、たいがい〝ミナトワールド〟にいる……と思う」

「ありがとう」

マヤはナイフを持った右手でストレートを放った。拳が中年男の顎を打ち抜く。中年男は机に顔を突っ伏して気絶した。

悲鳴をあげて逃げようとする店員の背中に、彼女は飛び蹴りを喰らわせ、スタッフルームを飛び出す。

階下では、篠原と従業員がまだ揉み合っていた。マヤはエレベーターで一階に降り、ビルを後にした。

6　大いなる決闘

球が転がる重々しい音と、つまらないメロディのポップスが耳に届いた。

ミナトワールドは郊外型の複合商業施設だ。シネコンやカラオケ、スーパー銭湯やパチンコなど、あらゆる娯楽施設が入っている。昔はつねに駐車場がいっぱいになるほどの人気があったが、近くにもっと設備のいい施設がオープンし、老朽化が進んだこともあって、だいぶ人気が少なくなった。

店側がすっかりやる気をなくしたのか、少なからぬ収入につながるのか、刺青がある客も銭湯に入れているらしく、今ではガラの悪い客が集まるサロンと化しつつある。

施設の二階には、広大なボウリング場がある。深夜の時間帯とあって、球を転がしている客はそう多くはない。カウンターにいる店員が暇そうにアクビをしている。

レーンの端に、マヤが探していた男がいた。ピンを倒して遊ぶわけでもなく、ベンチに座ったまま、しきりに携帯端末で電話をかけていた。誰かと短い会話を交わしたかと思えば、また携帯端末をいじって電話をかける。

マヤは充分に助走をつけてジャンプした。ボールラックを飛び越え、ベンチに腰かけている火野に飛び蹴りを放つ。

電話をしていた火野だったが、ボールリターンの球を軽々と摑み、マヤの飛び蹴りをふせいだ。ブーツの踵が硬いボールに衝突する。

火野は相変わらずの無表情だった。億劫(おっくう)そうに携帯端末をジーンズのポケットにしまう。

「またお前か。あいにく、かまっている時間はない」

マヤはシースナイフの刃先を向けた。

「余裕こいてんじゃねえ。仲間を返せよ。腐れヤクザが」

火野が細い目でマヤを見つめる。

「性懲(しょうこ)りもなく、因縁をつけるつもりか?」

「この野郎……すっとぼけやがって。今度こそ八つ裂きにしてやる」

「うるさいハエだ」

二人はレーンの手前のアプローチへと出る。

マヤはシースナイフで、火野の身体を突きにかかった。マシンガンのように次々と繰り出す。

公園のときと同じ展開だ。マヤの無数の攻撃を、火野はボウリングの球で防御した。刃がぶつかるたびに硬い音を立てる。

火野はハンマーみたいにボールを振った。マヤは身を沈めてかわす。背筋に嫌な汗が流れる。頭にぶつかれば、脳みそまでグシャグシャになるだろう。

火野はボウリング球で、マヤのシースナイフを横から払った。セラミック製の刃が半ばで叩き折られ、刃はレーンの奥へとすっ飛んでいった。

火野の左拳がうなる。身体が浮かび上がる。右手のボウリング球に気を取られていた。マヤの腹に拳が突き刺さった。逆流した胃液が口からあふれる。

マヤの膝が揺れたところで、火野はボウリング球を振り下ろした。彼女は後ろに床を転がった。球の一撃をかろうじてかわし、距離を取る。

マヤは再び胃液を吐いた。胸に痛みが走る。やつの拳はボウリングの球とほとんど変わらない。岩みたいな硬さと重さがあった。あばら骨を何本か痛めた。

火野は、お手玉みたいにボウリング球を、掌でポンポンと弾ませた。猛獣のような二人の戦いに、他の客はプレイを中断して逃げまどう。

火野はマヤを見下ろした。

「おれは忙しい。次は遠慮なく頭を砕く」

マヤは口元の胃液をぬぐって叫んだ。

「女をさらうのに忙しいってのか！　外道になってまで、この街でデカい顔していたいのかよ！　あたしはあんたらと違う。とっととリホを返せ！」

火野は眉をひそめた。表情らしい表情を初めて見せる。

「お前は、一体なにを——」

「とぼけんな！」

火野に隙が生まれる。マヤは腰のダガーナイフを投げた。刃は火野の左肩に突き刺さった。彼の身体がよろける。

マヤは折れた軍用ナイフで飛びかかった。右脚のつけ根を切り裂いた。ジーンズの生地が破れ、血が木製の床に散る。

血とともに、火野の携帯端末が落ちた。マヤの刃はジーンズのポケットに穴を開けていた。マヤはそれを拾い上げる。

「こいつで、人さらいの指示でも出してたんだろうが」

「返せ」

「返すわけねえだろ！」

マヤは携帯端末を覗いた。目が画面に吸い寄せられる。

待ち受け画面には、ひとりの若い女が映っていた。どこかで見た覚えがある。猫みたいな愛くるしい娘だ。とっさに思い出せない。

「これって」

視界を画像がよぎる。外国の売春宿で、脚を切り取られていた娘だ。あの死相が浮かんでいた姿とは違い、画面の女の子は生気に満ちていた。瞳を輝かせ、カメラに向かって笑いかけている。体型はむしろふっくらとしていた。

「ヒカルって娘じゃない」

「知ってるのか？」

火野の顔が急に張りつめる。マヤの刃を喰らっても、ろくに表情を変えなかったというのに。

マヤは顎の傷をなでて考えこんだ。画面と火野を交互に見やる。

「……どうやら話し合う必要がありそうだね。この娘とあんた、どういう関係なの？」

マヤは携帯端末を火野に放った。彼が受け止めて答えた。

「……おれの娘だ」

「はあ？」

火野はボウリング場の受付へと歩んだ。店員に一万円札の束を渡す。

「騒がせて済まなかったな」

店員は直立不動の姿勢で首を何度も振り、九十度の角度でお辞儀をした。

マヤと火野はボウリング場を後にした。施設の出口へと向かいながら、二人は情報を交換しあう。

火野にはひとり娘がいた。十五年前、懲役太郎の夫についていけず、火野の妻は彼が服役している間に、幼い子供を連れて家を出て行ったのだという。

「ヒカルの母親には戻れる実家もない。いくつもの仕事をかけ持ちして、女手ひとつでヒカルを育てたが、無理がたたって身体を壊しちまった。おれがシャバに出たころには、もう墓の下で眠っていた。ヒカルを引き取りたかったが、あいつは養護施設を経て、新しい養父母のもとで暮らしていた。おれは諦めざるを得なかった。ヤクザの父親に育てられるより、そっちのほうがあの娘のためになると思ったからな」

「ところが、そうはいかなかったみたいだね」

火野は顔を歪ませ、苦しげな表情を見せた。マヤの刃よりも、よほど激しいダメージを受けたかのようだ。

「養父母とはうまくやっていけなかったらしい。先週、刑務所(ムショ)を出てから、あの娘が街娼をしていると知った。何者かにさらわれたこともな」

「あたしの仲間も姿を消している。その娘が持ってたケータイ、あんたが持ってるビルのところにあったよ。どういうわけか、雀荘なんかに置かれてた」

「……」

階段を下りるたびに、胸に鈍い痛みが走る。折れた肋骨が悲鳴をあげる。火野もマヤのダガーナイフを肩にもらい、血でシャツが濡れそぼっている。

マヤは訊いた。

「あんたがやったわけじゃないよね？」

「知らん」

マヤはため息をついた。

「あたしらをハメようとしたやつがいたみたいね。女たちをさらうだけじゃ飽き足らず、あたしとあんたをうまく衝突させようとした」

「車に乗れ。心当たりがある」

駐車場に出て、二人は古いベンツに近づいた。施設のネオンと街灯が、メタリックシルバーの車体をぼんやりと照らす。

火野がベンツのドアに手をかけたときだった。周りに停まっていた車の陰から、数人の男が姿を現した。黒い目出し帽をかぶり、手には拳銃がある。

火野にマヤは突き飛ばされた。同時に複数の発砲音が鳴る。火野の身体のあちこちが爆ぜる。

「火野！」

マヤはアスファルトに倒れながら、男たちの数をすばやく勘定した。襲撃者は三人。マヤは、ひとりに折れたシースナイフを投げつける。

ナイフの刃は覆面男の股間に突き刺さり、やつは絶叫して、前のめりに倒れ伏した。

火野は、肩に刺さったダガーナイフを抜き、二人目の覆面男に投げつけた。ダガーナイフは覆面男の腹に深々と刺さる。

「ひえっ」

仲間が返り討ちに遭い、最後のひとりが怖気づいた。踵を返して逃げようとする。だが、火野は逃がさなかった。逃走を図る覆面男に突進し、背中に右ストレートを叩きこんだ。覆面男は空中を飛び、停まっていた車のサイドウィンドウに、頭からぶち当たった。上半身を車内に突っこませ、ぐったりと動かなくなる。

マヤは、股間を刺された覆面男に近づいた。ひいひいとわめく覆面男の顔に蹴りを見舞い、静かにさせてから目出し帽を取った。

「やっぱりね……」

その顔には見覚えがある。刺繡入りのジャージを着た若い男。蔵馬勝宏の手下だった。

7 仁義

「あんた、病院に行きなよ」

マヤは火野に言った。

彼は無表情のまま、ハンドルを握っている。マヤによる刺し傷だけでなく、銃弾は彼のわき腹や二の腕を貫いていた。車内には血の臭いが充満している。

「お前こそ、車を降りて病院へ向かえ。肋骨が痛んで仕方がないだろう」

火野のベンツは、仙台バイパスから外れ、港へと通じる二車線の道路を突っ走っていた。信号は青だろうが、赤だろうがおかまいなしだ。工場や運送会社のターミナルが並んでいた。ベンツはトラックを次々に追いこしていく。

「お前の手下は、責任もっておれが見つける」

「格好つけないでよ。あたしにだって、あいつを八つ裂きにする権利はあるでしょ」

火野は助手席のマヤを見やった。

「まるで闘牛だな」

「あんたに言われたくないよ」

火野は鼻で笑った。初めて目にする笑顔だ。その唇の形が、笑顔のヒカルと似ていた。

仙台港の貨物鉄道沿いに走り、ベンツは海運会社の敷地に入った。

タグボートを専門に扱う会社だが、陸前土井組の企業舎弟で、様々な国籍の船を港に導いては、ドラッグや偽ブランドのバッグ、拳銃などを密かに取引していた。

それだけでは飽き足らず、ついには人間までやり取りするようになったらしい。

火野は敷地のどまん中でベンツを停めた。二人が車から降りると同時に、倉庫の陰からヤクザたちが飛び出してくる。

今度は七人と数も多い。中央にはダークスーツを着た蔵馬がいた。やつの手にはポンプ式の散弾銃が握られている。手下たちは拳銃で武装していた。

蔵馬は緊張した表情で言った。

「兄貴……」

「組長(オヤジ)の指示か？」

「まさか。おれが勝手に絵図描いてやったことです」

「なぜ、おれにまで黙っていた」

「あんたは許しちゃくれんでしょう」

「当たり前だ」

蔵馬は散弾銃の先台をスライドさせ、薬室に弾を送りこむ。ガチャリと威圧的な金属音がした。

蔵馬はマヤを指さした。

「そんなことだから、こんなガキにまでナメられる。おれたちはヤクザだ。警察(サツ)に叩かれ、今みたいにカタギにまで侮(あなど)られてたら格好がつかない。あんたが刑務所(ムショ)にいる間、おれなりに考えてやったことだ」

マヤは唾を吐いた。

「薄汚い口を閉じろよ。土下座野郎」

「兄貴、あんたの娘をさらったのは計算外だった。おれたちは――」

「もういい。喋るな」

火野は拳のフシを鳴らした。

蔵馬は唇を嚙み、腕を振り下ろした。

それを合図に、手下たちの拳銃が火を噴いた。マヤは身を屈め、ベンツの助手席側のドアを盾にした。窓は防弾仕様のため、ガラスにはヒビが入るだけだ。

火野が吠えた。怪物的な腕力を発揮して、運転席のドアを車から引きはがした。それを盾にして、ヤクザたちへと突進する。無数の銃弾がドアに当たり、火花が飛び散る。

ヤクザのひとりに、ドアごとタックルを決める。ヤクザはトラックにはねられたかのような勢いで吹き飛び、倉庫の壁に叩きつけられた。

火野はさらにドアを振るった。別のヤクザをなぎ払ったが、攻撃を加えるたびに、傷を負った火野の身体から血が噴き出す。

火野のパワーに、ヤクザたちの注意が集まる。マヤはドアの陰から飛び出し、腰から西洋剃刀を抜き出した。ヤクザ二人に剃刀を振るった。ひとりは手首の腱を裂き、もうひとりは人差し指を切り落とした。

散弾銃の轟音が鳴り響いた。蔵馬が放った散弾は、火野が持つドアの防弾ガラスを砕いた。火野の脚がよろめく。

「火野！」

マヤは叫んだ。助けに入りたかったが、拳銃を持ったヤクザが間に立ちはだかる。

「もういい、死んでくれ！」

蔵馬は悲壮な顔つきで散弾銃を撃った。火野のドアにはガラスはなく、ボディは蜂の巣になっていた。火野は胸に散弾を喰らいながらも、弟分との距離をつめていく。

マヤが三人目の静脈を切断した。ヤクザの手首から血が噴き出したとき、蔵馬は三発目を火野に見舞っていた。

「兄貴！　やめてくれ！」

火野の巨体が大きく泳いだ。だが、彼は脚を踏ん張らせ、車のドアを投げ放った。円盤のように飛んだドアは、蔵馬の顔面を直撃した。頬骨が陥没し、目玉が眼窩からこぼれ出た。顔を潰された蔵馬は、地面を転がった。

マヤは、最後のひとりの股間を蹴り潰した。戦意喪失に追いこむと、火野のもとへと駆け寄った。マヤは顔をしかめた。火野の分厚い胸の皮膚や脂肪は飛散し、ピンク色の筋肉と砕けた肋骨が覗けた。大きな粒の散弾が内臓に食いこんでいる。

火野はマヤの手首を摑み、彼女の目を見すえた。

「頼む」

マヤはうなずいた。

倉庫へと近づき、シャッターを開けた。一斗缶やダンボールが積まれた倉庫内。その隅には、結束バンドで両腕を縛られた女がいた。リホだった。下着姿で、口には猿ぐつわが嚙まされてあった。剃刀を使って縛めを解いた。

「マヤさん、ごめんなさい」

「もう大丈夫」

ベソを掻く仲間を抱き、落ち着かせてから倉庫を出た。

敷地には、地面に倒れたヤクザたちがいた。戦意を失ったヤクザたちは逃走したようだ。

マヤは火野に目を落とした。すでに彼の瞳孔は開いている。しかし、その口元には、娘とわずかに似た微笑が浮かんでいた。

インタビュー4

……これぐらいでいいだろう。帰れよ。取材協力費をもらいたいぐらいだぜ。もう一度、忠告しておくぞ。あいつには近寄るな。死体が増えるだけだ。どうしても調べたいのなら、あとはよそ行って訊くこった。あいつの故郷とかな……ああ、故郷はもう入れねえんだったな。とにかくだ。おれの縄張りでくたばるんじゃねえ。こっちの仕事が増えるだけだからよ。

スティング

「何度も言うが、標的は吉良組の組長だ。本当に殺れるんだろうな」

大石はハンドルを握りながら尋ねた。隣のマヤがつまらなさそうに答えた。

「嘘はつかないよ」

「だが、やつらの警備は固い」

「だから、あたしを雇ったんでしょう？」

大石は心のなかで舌打ちした。生意気な女だ。大石は浅野会の幹部だ。こんな舐めた口を利くガキは、本来許しておかない。しかし、マヤはまだ若いが、評判の殺し屋だ。ここ数件、鮮やかな手口で殺しをやってのけている。

大石は深夜の山道を走らせながら、ちらちらとマヤの顔を見やった。白い肌と冷たい眼差しが特徴の美しい女だ。二十歳か、もしかすると、まだ十代かもしれない。今は迷彩の戦闘服を着ているが、イブニングドレスのほうが似合うだろう。しなやかな肢体の持ち主だが、これではチンピラひとり退治できるのかも怪しく思える。態度だけは殺し屋然としていたが、肝心な腕については未だに半信半疑だった。

大石は鼻を鳴らした。

「おれは臆病なんだ。プランをもっと詳しく訊かせてもらわないと、不安で居ても立ってもいられなくなる」

「あたしだってそうよ。ささいなことを気にする性格。だから、あんまりよそ見しないでくれる？」

マヤはチョコバーをかじりながら答えた。大石は声を荒らげた。

「おい、調子に乗るなよ」

「契約したときに言ったでしょ。あたしの命令に従うこと。それから嘘はつかないこと。この仕事は信頼が大事なんだよ」

マヤは食べかけのチョコバーを、カップホルダーに置いた。

大石は低くうなった。これだけ大口を叩いておきながら、暗殺に失敗したら、どうしてくれようか。頭のなかで、マヤを裸にひん剝き、顔をぶん殴るイメージを思い浮かべ、冷静さをたもった。

吉良組と浅野会は、街の麻薬利権をめぐって対立していた。交渉が完全に決裂した翌日、大石はマヤにコンタクトを取った。警察が介入してくる前に、一気に相手のトップを討ち取るつもりだった。マヤは法外な報酬を要求したが、大石はその条件を吞んだ。長年のライバルである吉良組を潰せば、出世は思いのままだ。

二人を乗せたミニヴァンは、やがて目的地近くの高原に到着した。夜が明け、夏の太陽が空を照らしつつある。

高原の湖のそばには吉良の別荘がある。浅野会との交渉が決裂して以来、組長はそこに何人かの若い者を連れて身を隠していた。二人は何度か下見に訪れている。ケータイの電波も入らない山奥だった。

　ミニヴァンは道路をそれ、未舗装の細い砂利道に入った。鬱蒼と茂った森のなかへと到る。日光が届かない。まるで洞窟のような暗い場所だ。地元の人間もめったにやって来ない。大石はそこで車を停めた。

　マヤは車を降りた。リアドアを開け、トランクに置いていたハードケースを手に取った。なかには分解された狙撃銃が入っている。マヤはそれを軽々と担いだ。

「あたしが戻ってくるまで、絶対にここを動かないこと。いつでも逃げられるように、運転席でじっとしててね」

「いつ終わるんだ」

「さあ。一時間で終わるかもしれないし、明日になるかもしれない」

　なにか言い返そうとしたが、すでにマヤの姿はなかった。ためらうことなく、早くも吉良を殺りに向かったらしい。

　大石はタバコに火をつけて微笑んだ。

　まあいい。殺しに成功しようが、失敗しようが、あの女を生かしておくつもりはなかった。あの女の法外な要求を呑んだのも、最初から金を払う気はなかったからだ。仕事を終えたマヤを、麓のドライブインまで案内する予定だが、そこには彼女を消すために、手下たちを潜ませていた。

マヤは山を駆け登った。

標高が高いおかげで、真夏でもひんやりとした風が吹いている。車を停めた位置から吉良の別荘までは、直線にして約五百メートルの距離。ときおり木々に身を寄せ、周囲をうかがいながら、ターゲットの別荘に近寄る。やがて水の匂いが鼻に届く。小さな湖が見えてくる。

吉良邸は湖畔に建っていた。そこには船着き場も設けられていて、釣りを趣味とする組長用のボートが泊まっているという。別荘を取り囲む大きな塀のおかげで、それらの確認はできなかった。

マヤは山を静かに下り、別荘を見下ろせる位置に陣取った。木に隠れながら、陸上自衛隊も使用している狙撃銃のM24SWSをすばやく組み立てた。弾薬をつめたマガジンを銃に差し込み、ボルトを引いて薬室に弾薬を送りこむ。

M24を構え、光学照準器を通して、別荘を眺めまわした。ひとつしかない門には、二人の組員が歩哨のように立っていた。塀や門のあちこちには監視カメラが睨みをきかせている。蟻の這い出る隙間もない。建物内にも組員が多数つめているはずだ。

マヤは門番に照準を合わせた。人差し指を動かすだけで、門番の頭はスイカみたいに吹き飛ぶ。岩のようにごつい顔の極道だが、大きな口を開けて、何度もあくびをしている。警戒はしていても、抗争が本格化していないだけに、緊張感はなさそうだった。

　あとはひたすら待つ。マヤは優れたスナイパーだ。仙台では有名なワルだったが、熊狩りの名人である地元の老人に弟子入りして、銃の撃ち方を教えてもらった。今ではライフルの腕で、彼女に勝てる男はいない。

　彼女は何時間でも石と化すことができる。ときおりアブが周りを飛び交い、頭や顔に止まったが、追い払いもせずに別荘を睨み続けた。

　目標が姿を現したのは昼を過ぎてからだ。八時間以上、スコープを見つめていた。組員たちの動きが忙しくなる。

　一艘のボートが別荘から離れ、湖をゆっくりと移動し始めた。乗っているのは二人の男だ。ひとりはライフジャケットとキャップを着用した痩せた老人。もうひとりはボディーガード役と思しきYシャツ姿の若者だった。

　ボートが湖の中央で停まる。吉良組の組長である老人に照準を合わせる。針に餌をつけ終えた老人が顔を上げたところで、マヤは引き金を引いた。すさまじい発砲音。老人の頭が爆発するのが見えた。

　大石はびくっと身体を震わせる。ライフルの発砲音が彼の耳にまで届いた。車の時計は午後一時を指している。

「待ちくたびれたぜ」

彼は車のエンジンをかけた。マヤが戻ってくるのを待つ。

大石は冷房を強めた。ケータイの電波が圏外だったので、ドライブインの部下たちと連絡を取るために、マヤの命令に背いて山を何度か下った。

強い日差しを浴びたせいで、車のなかが温まっている。あくまで暗い森のなかで待機していたことにしなくてはならない。

マヤはすぐに戻ってきた。発砲から五分も経っていない。ライフルを肩に担ぎ、車に乗りこんでくる。顔は泥だらけだった。汗のきつい臭いがする。

「出して！」

大石はアクセルを踏みこんだ。暗い森を抜けると、真夏の太陽が照りつけてきた。

彼女に訊く。

「吉良組長はどうなったんだ」

マヤはタオルで顔を拭きながら答えた。

「あたりに脳みそをまき散らしてるよ」

「よし！　よくやった！」

大石はハンドルを叩いた。猛スピードで山道を下る。これで出世は思いのままだ。

「いろいろあったが、お前のことは信じていたぜ。噂通りの腕だ」

「喜ぶのは早いよ。事故起こさないでね」

マヤの声は疲れていた。肩で大きく呼吸をしながら、カップホルダーに置きっぱなしにしていたチョコバーを手に取る。彼女はそれを一気に食べた。溶けたチョコで手がベタベタになった。

「わかってるさ。任せておけ」

あとはきれいに後始末をするだけだ。「すぐに麓まで連れてってやる。そこでお別れだ」

マヤはしきりに後ろを振り返る。追手が来ないか、確かめているのだろう。ふいに彼女が訊いた。

「おとなしく待機しててくれたんだね」

「そりゃそうさ。お前が来るのをじっと待っていた。この仕事は信頼が大事なんだろう」

「そうだよ」

こめかみに固いものが当たる。大石は驚いてマヤを見た。彼女は手についたチョコを舐めながら、拳銃を大石に向けていた。発砲音と同時に闇が訪れた。

マヤは大石のケータイをいじった。電波の届かない山奥にいるというのに、電話をかけた形跡が残っている。

運転席のドアを開け、大石の死体を道路に突き落とした。額を撃ち抜かれた彼は、虚ろな目で空を見上げていた。

マヤは運転席に移動した。ハンドルを握る。

彼の裏切りに気づいたのは、ほんの一分前だ。チョコが熱さで溶けていた。高原の暗い森でじっとしていたのなら、これほど手が汚れるはずはない。

「ささいなことを気にするって言ったでしょう」

大石のケータイを座席に放った。あとで親分の浅野に連絡する必要がある。子分の不始末は親の責任だ。

「倍は払ってもらわないと」

かりに浅野が支払いをしぶるようなら、吉良と同じく、弾丸を頭にプレゼントしてやらなければならない。マヤはミニヴァンを走らせながら、新しい戦略を練り始めた。

リトル・ゲットー・ボーイ

1　アイ・オブ・ザ・タイガー

桐崎マヤは苦戦を強いられていた。

相手と距離を取ろうとして、バックステップをしたが、背中に金網がぶつかる。ガシャンという音がする。

アフロヘアーのアイク牧原(まきはら)が、すかさず得意の右ストレートをぶっ放してきた。マヤは首をひねってかわす。

やつのパンチをまともに浴びずに済んだが、耳を擦(こす)られ、熱い痛みを感じた。風を切る音が鼓膜を震わせる。オープンフィンガーグローブで覆われたやつの拳は、マヤの後ろの金網を派手に揺らした。まともに浴びれば、えらい顔に変えられてしまう。

アイクは殺(や)る気まんまんだった。1ラウンドから様子見もせず、攻めに攻めまくっている。褐色の肌は汗に濡れ、目をギラギラと光らせている。地下格闘技界では、超攻撃型のファイターで知られるマヤだったが、今夜のアイクはお株を奪うかのように、試合開始直後からパンチの連打を放ち続けていた。

初回からの激しい攻防に、会場の〝ゼルダ仙台〟は大いに沸いていた。歓声があまりにやかましく、セコンドについた手下たちのアドバイスがかき消される。主催者の発表によれば、今夜の観客数は千六百人を超えているという。基本ルールは、まともな総合格闘技と同じだが、肘打ちや頭突き、男女混合マッチや急所攻撃までも許しており、血に飢えた格闘技ファンのニーズに応えている。

ゼルダ仙台は仙台有数の大きなホールで、有名ミュージシャンもライブを行う有名なイベント会場だ。今夜は一般客入場禁止の、あるＩＴ企業の社員向けパーティということになっている。半ば公然と賭博行為が行われているからだ。

むろん仙台署は、賭博行為が堂々と行われているのを知っているはずだ。なにしろ署の幹部がＶＩＰ席で試合を観戦しているぐらいなのだから。主催者であるバーリトゥード・プラス・ブロウル（ＶＰＢ）は、人気急上昇の地下格闘技団体だ。当局への鼻薬も充分に利かせているというわけだ。とくに今回は、アイクとマヤのラバーマッチとあって、胴元に集まる金はハンパではないらしい。

アイクとやり合うのは三回目だ。昨年の秋に初めて対決し、激闘の末、最終ラウンドにアイクの右アッパーでＫＯされた。今年の正月に組まれた再戦では、マヤが１ラウンド四十秒で試合を決めた。試合開始のブザーが鳴ると、いきなりアイクに抱きついて、彼の鼻に齧（かじ）りついた。奇襲殺法でひるませると、膝で股間を蹴り上げ、彼の金玉をひとつ潰した。

一勝一敗の五分の形となり、決着をつけるための三戦目が組まれたというわけだ。

マヤはお返しとばかりに、彼の腹にカラテ式の前蹴りを放った。つま先が腹筋をえぐったが、アイクは表情を変えずに前進し、右フックを見舞ってきた。

マヤは顔をのけぞらせた。右フックが鼻をかすめた。目の前を火花が散る。鼻腔が血でふさがれ、呼吸が苦しくなる。またパンチをかわしたものの、ボタボタと鼻血があふれ、顔と試合着のタンクトップをまっ赤に汚した。マウスピースを嵌めた口のなかに血が入り、生臭さをともなった金属の味がした。

マヤの蹴りのキレはいまいちだ。たいしてダメージを与えていない。試合前にだいぶドタバタしたこともあり、コンディション自体もよくはなかった。

アイクのパンチは正反対だ。一発一発に気合がこもっている。フライ級とは思えない重たさが備わっていた。

アイクは、ドミニカ人と日本人のハーフで、日本人離れした長い手足と、すばやい瞬発力の持ち主だった。高校でアマチュアボクサーのホープとして期待されたが、家がひどく貧乏なため、学校を辞めて、手っ取り早く稼げるこの地下格闘技の世界に飛びこんだ。すでに五戦を経ているが、土をつけられたのはマヤのみで、あとはすべてノックアウトで勝利している。

天才的な能力を持ってはいるが、マヤのような勇猛さに欠けている。それが世間一般の評判だった。おまけにマヤとは顔見知りのうえ、彼の妹がマヤの手下だった時期だってある。家族思いで根のやさしい男だった。

観客がどよめいた。アイクが鋭いローキックを打ってきた。鼻血に気を取られていたマヤは、それをまともに喰らってしまった。ムチでぶたれたような音が鳴り、太腿をビリビリとしびれるような痛みが走る。ボクサー出身のアイクはキックをあまり使わない。スピードが命のマヤにとってはつらい一撃だった。ムエタイボクサー顔負けの蹴り。今夜の彼はまちがいなく獣だった。彼のトレーナーである小此木（おこのぎ）も、顔をまっ赤にして怒鳴っている——休むな、休むな、パンチを浴びせろ！

アイクは、さらにワンツー・パンチを繰り出してきた。必死の形相で。彼が獣になるのは当然だった。なにしろ、弟の命がかかっているのだから。

2　リヴィング・フォー・ザ・シティ

「さらわれた？　アイクの弟が？」

マヤは思わず叫んだ。小此木が唇に人差し指をあてた。

「しっ。声がでかい」

「そりゃでかくもなるよ」

声のトーンを落とした。

話は試合の二日前に戻る。ふたりがいるのは、仙台市内にあるマヤのマンションの部屋だ。室内にいるのはマヤの手下たちばかりだが、たしかに大っぴらに話せるような内容ではない。

「弟って誰よ。ルイス？　ミゲル？　トニー？」

なにしろ牧原家は大家族だ。長男のアイクを始めとして、七人の兄妹がいる。

「一番下のリカルドだ。まだ五歳の」

「リカルドって……あのマイケル・ジャクソン」

リカルドの顔が即座に浮かんだ。

リカルドの姉で、マヤの手下だったエレナが、この住処(ヤサ)に何度か連れてきたことがあった。いかにもラテン系の、人懐っこくて明るい男の子だった。ジャクソン5時代のマイケル・ジャクソンの物マネがうまく、ネットの動画で覚えたという『ＡＢＣ』や『帰ってほしいの』といったナンバーを、澄んだ声で披露してくれたのを覚えている。子供のころのＭＪによく似ていた。

やたらと寄り道が好きな子で、エレナがいなくとも、ひとりで遊びに来たこともある。マヤの住処には、大麻(クサ)やアルコールや、危ない武器がゴロゴロ転がっている。さすがに教育上よろしくないという話になり、リカルドがのんきにやって来るたび、酒や違法な品々を隠さなければならなかった。

「いなくなったのは今日?」

マヤは壁の時計に目をやった。すでに夜十一時を過ぎている。小此木はうなずいた。

「いつまでも帰ってこないんで、家族そろって探しに出かけようってときに、電話がかかってきたらしい。男の声で『子供をさらった』とな。そいつは『無事に返してほしければ』と、ある条件をつけてきやがった」

「なるほど」

マヤはため息をついた。

大きな試合が間近に迫ったころ、タイミングを見計らったかのように、選手の家族が犯罪に巻きこまれる。よくあるパターンだった。選手に八百長を強要するためだ。弟を返してほしけりゃ敗北しろ。自分好みのシナリオを、無理やり押しつける悪党がちょくちょく現れる。

グラスのウイスキーをあおった。

「言っておくけどさ。私はなんにも関係ないよ。今度こそ、どっちが強いか白黒はっきりつけるつもりだったのに」

「お前を疑っちゃいない。そんな汚(きたね)えやり方をするわけがないのも、よく知っている」

小此木やアイクが所属するジム『ブレードランナー』には、何度か出稽古をさせてもらったことがある。所属選手とスパーリングをした結果、何人かをKOさせてしまい、小此木から熱心にスカウトされたこともあった。まだまだ小さなジムで、優秀な選手を欲しがっていた。

マヤは尋ねた。

「警察には？」

「通報すれば、坊やを殺すと言われてる。そもそも、おまわりたちだって、あの試合に大金賭けてる。やつらが犯人だったとしてもおかしくない。それに、アイクは警察をからっきし信用してない」

「だよね」

アマチュアボクシング界のホープとして期待されたが、それでも学校を辞めざるを得なくなったのは、家の経済事情にくわえて、路上でトラブルに巻き込まれたからだ。

一年前、繁華街の路上で、自警団の〝仙台ピースメーカー〟に、アイクの兄弟たちは因縁をつけられた。自警団などと言っているが、棍棒やスラッパーで武装した最低なレイシスト集団だ。パトロールと称しては、外国人や街娼を痛めつけている。

アイクは防衛のために拳を振るい、ピースメーカーたちを地面に這いつくばらせた。顎や頬の骨を砕かれ、病院送りにされた者もいたという。仙台署はアイクの行動を過剰防衛と判断。傷害罪で逮捕した。鑑別所送りは免れたが、保護観察処分となり、学校からは退学を勧告された。

一方で、ピースメーカーは、口の達者な弁護士を立てて、因縁をつけるどころか、ただの声かけ運動を行っただけと主張。褐色の肌をした凶暴な少年たちが、善良なボランティアグループをドツキ回したというストーリーがこしらえられた。

アイクの父親は建設会社の作業員をしていたが、三年前に工事中の高層マンションから転落死している。母親がファストフード店とコンビニで掛け持ちしながら働いていたが、七人もの子供を養うには限度がある。

――アマチュアでやってても一銭にもならねえしな。稼げるプロになって、ママに楽をさせろという神の思し召しさ。

ジムで会ったとき、アイクはそううそぶいたものだった。

――だからマヤ、お前ともいずれ戦うことになるだろう。全力でやらせてもらうぜ。

マヤは答えたものだ。

――いつでも受けて立つよ。

小此木に訊いた。

「そんで？　あたしにどうしろっていうの？　客にバレないように、うまくファイトするフリをして勝利すればいいわけ？」

「そうじゃねえ、そうじゃねえから問題なんだ」

小此木はグラスの水を一気に飲み干した。ジムから自転車で駆けつけたらしく、身体からはきつい汗の臭いがした。「誘拐犯の野郎ども、アイクに『勝て』って言いやがった。『勝たないと、弟を殺す』と」

「はあ？」

マヤは眉をひそめた。「おっさん、笑えねえジョークを言うためにここまで来たのかよ」

「ジョークでもなんでもねえ！」

小此木はグラスをテーブルに叩きつけた。優秀なトレーナーだが、キレやすいのが玉に瑕だった。手下たちが、血相を変えて部屋にドヤドヤと集まってくる。マヤは手を振って、手下たちに戻るよう指示した。

手下たちが、小此木にガンを垂れながら部屋から出て行く。今度はマヤが唇に人差し指をあてた。

「落ち着いて話そうよ。超意味わかんないけどさ」

「ああ、すまねえ」

小此木は袖で額に浮いた汗を拭いた。

誘拐犯の要求は意味不明だ。選手は言われるまでもなく、誰もが勝つためにリングやマットに上がる。サクセスだのマネーだの名誉を得るために。その強烈な欲望や思いをへし折るため、家族に危害をくわえるなり、脅しつけるといった手段を取るのだ。

「勝てっていうのなら、リカルドをさらう必要なんて全然ないじゃん」

「おれもさっぱりわからねえ。とにかく今回は大金が動く。絶対にアイクに勝ってほしくて、弟をひっさらうバカもこの世にはいるのかもしれねえ。アイクはツラもいいから、熱狂的なファンだっているしな」

「ふーん」

ウイスキーをドボドボとグラスに注いだ。それを口にした。「ちなみにあんたがここに来てること、アイク当人は知ってるの?」

「知らねえし、知られたらまずい。アイクからはきつく止められている。『これはおれたちの問題だ。マヤは関係ねえ』ってな」

「それでも、あんたは来た。要するにあたしに負けろってこと?」

小此木は顔をうつむかせた。

「そうじゃねえ……お前はアイクと違う。ひとたびバトルとなれば鬼になれる、生まれながらのウォーリアーだ。ただ、なんにも知らずにいるよりはマシだと思っただけだ」

「たしかにね。なにも知らずにあたしが勝っちゃったおかげで、リカルド坊やが惨殺されたとしたら、夢見が悪くなるのはまちがいないからね」

グラスの酒を飲み干した。食道から胃に炎の液体が滑り落ちていく。酒臭い息を吐いて気合を入れた。口をレザージャケットの袖で拭き、ソファから立ち上がる。

「さてと」

　小此木が不思議そうに見上げた。

「どうした」

「どうしたもなにも……時間はまだたっぷりあるでしょう。犯人の要求がどうであれ、そいつはあたしとアイクの楽しみに水を差した。ふざけた野郎だよ。一生、まともなクソがひり出せなくなるほど、そいつのケツを蹴っ飛ばしてやらなきゃ」

3　スリラー

　というわけで、マヤはさっそく行動した。手下のリホとユカを連れて。

　試合までの時間はたっぷりある。そうは言ったものの、四十八時間をとうに切っている。

　リカルド坊やの命がかかっているからといって、戦いで手を抜くわけにはいかない。マヤの辞書に敗北の文字はあるが、八百長や手抜きの文字は存在しない。

　マヤは唇を嚙みしめた。下手くそなムーンウォークを披露するリカルド。子供らしい澄んだ歌声が蘇ってくる。

小此木はマヤをウォーリアーだと評した。たぶん当たっているとは思う。戦いで嘘はつけない。つきたくもない。というより、そんな生き方しかもうできない。だからこそ警察に目をつけられ、アウトローとぶつかってばかりいる。

リホに大型バイクのドゥカティを運転させ、マヤはタンデムシートに座って携帯端末をいじった。後ろをユカがカワサキのバイクでついてくる。リホは見た目こそ、スレンダーな美少女だが、戦いにおける残虐さはマヤに引けを取らず、仲間やライバル組織から〝スカンク〟の渾名がつけられている。ペッパースプレーで相手の目を潰し、無防備になったところを袋叩きにするからだ。ユカは、暇があれば大麻ばかり吸っているボンクラだが、相撲取りみたいな張り手をかます怪力の持ち主だ。

「うーむ」

携帯端末の画面を睨みながら悩んでいた。

アウトローの世界はそれほど大きくはない。何人かの情報屋を抱えているが、当事者のマヤが、対戦相手のアイクや牧原家について訊けば、下手な噂が立ちかねない。それが回りまわって犯人の耳に届くかもしれない。慎重さが求められていた。アイクへの要求はよくわからないが、試合を邪魔しようとする悪意を持ったクソ野郎だ。ろくでなしに違いない――。

迷った末に、まずエレナに電話をかけた。ワンコールもしないうちにつながった。

〈マヤさん〉

エレナの声は涙で濡れていた。声がすっかりかれて、しゃがれている。小此木の話は正しかったようだ。

エレナは牧原家の長女だ。マヤの住処に溜まっていた時期もあったが、今はまともな道を歩んでいる。昼間はウエイトレスとして働き、夜は美容師になるための学校に通っている。

「ひさしぶり。元気にしてる？」

〈……はい、なんとか〉

「それはよかった。リカルド坊やは？」

エレナは言葉をつまらせた。マヤはなだめるように言った。

「話は聞かせてもらってるよ。誰からとは言えないけど。坊やが拉致られたのは本当（マジ）なんだね」

エレナは声をあげて泣き出した。

今は母親と同じく、多忙な日々を送っているエレナだが、長女として家事や手間のかかる弟たちの面倒を見てきた。リカルドを一番かわいがっていたのも彼女だ。エレナが泣き止むのを辛抱強く待った。

〈マヤさん……助けて。あの子がいなくなったら〉

「大丈夫、あたしがついてるから。とりあえず、あんたの家まで向かってるところ。アイクは?」

牧原家は、北仙台の線路近くにある。広さだけが取り柄の、築三十年以上は経ってるボロ家だ。

〈アイクは、ジム近くのホテルで過ごしてる。犯人の要求が要求だから、マヤさんに勝とうとして、コンディション作りに専念する気みたい〉

「賢明だね」

〈問題はバカな弟たちよ。アイクの正当防衛が認められなかったからって、前からあのレイシストたちと小競り合いを繰り返してたみたい。最近、うちを監視してるやつもいたらしくて……弟たちは、きっとあいつらが犯人だって決めつけて。家から飛び出してったきりなの。ママと私が必死に止めても……ダメだった〉

「弟らはどこに?」

〈たぶんピースメーカーの溜まり場。バットや鉄パイプ持って、殴りこむつもりだよ〉

「そりゃまずい」

マヤはドライバーのリホに方向転換を命じた。北仙台から市内の繁華街へと。

仙台ピースメーカーとは、マヤも前にやり合っている。空手道場経営者の代田白道なるおっさんが創設した組織で、不登校の少年や悪ガキの更正、健全育成や地域社会の保全を目的として結成された。しかし、その実態はといえば、外国人やゲイや女に憎悪をぶつけるしかないクズどもだった。

Ｊリーグの外国人選手に差別的な罵声をぶつけ、会場の施設を壊しまくったフーリガンや、外国人が多く住む地域で、聞くに堪えないヘイトスピーチを繰り返すといった前科者や人種差別主義者が中心だ。しょっちゅうトラブルを起こしているが、一部のおまわりがやつらの行動をひそかに支持しているため、未だに街で大きな顔をしている。

一度、トップの代田やメンバーたちをメタメタにぶちのめしたが、まだ組織はしぶとく生き残っていた。メンバーのほとんどは、実力に差はあれど、代田から空手を教わっている。年端もいかないアイクの弟たちが行けばどうなるか。結果は火を見るよりも明らかだ。

「溜まり場はどこ？　やつらの事務所？」

〈この時間だと……一番町の『アルタイル』ってスポーツバーだ思う。夜中はあいつら、そこで飲んだくれてるみたい〉

「ありがとう。アイクには黙ってて。試合前に必ずなんとかするから。あいつとはガチンコで戦いたいの」

〈……すみません。マヤさん、本当にすみません〉

通話を切ると、マヤはリホの耳元で叫んだ。

「聞いてたでしょ。一番町までぶっ飛ばして！」

「遊べるんすか」

リホとユカは舌なめずりをした。

「たぶんね」

4　サザンマン

マヤたちは、スポーツバーの前で停まった。

一番町のアーケード街から、一本外れたところにある路地。夜も深まったこともあって、あちこちの居酒屋や飲食店が、看板の灯りを消し、閉店の準備に取りかかっている。

そのなかで『アルタイル』だけは煌々（こうこう）と灯りがついていた。地元サッカーチームの旗や旭日旗、チームの私設応援団のシンボルマークであるドクロの黒旗が掲げられ、独特の威圧感を放っていた。一見さんはお断りだと、主張しているかのようだ。

バー自体は二階にあるらしい。出入口の階段には、代田白道の講演会のビラが貼られてあった。隣国の攻撃から我が国をどう守るか、といった内容を語るらしい。

階段の壁には極右で有名なタレントや、人種差別発言を繰り返すことで有名な政治家のポスター、レイシストパンクや右翼ラッパーのライブイベントのチラシで埋め尽くされていた。

本格的に春を迎えつつあり、バーの窓は開いていた。深夜にもかかわらず、店はまだそれなりに賑わっているらしく、酔っ払いたちの声が、下にいるマヤたちの耳に届いた。バイクを降りて、あたりを見渡したが、アイクの弟たちの姿は見当たらない――。そのときだった。

「ざけんじゃねえぞ、とっととアフリカに帰りやがれ」「金玉切って断種したほうがよくね？」

店の裏から品のない罵声と笑い声が聞こえた。

マヤは声がするほうへと駆けた。店の裏はコインパーキングだった。停車している車はなく、ちょっとしたアスファルトの広場となっている。

そこに男たちが集まっていた。ピースメーカーの一員であることを示す赤いジャージを着た連中だ。手には特殊警棒やスラッパーがあった。スキンヘッド、短髪、サングラス、タンクトップ。ピースメーカーのメンバーを示すバッジやキャップをかぶっているが、思い思いの格好をしていた。

彼らの足元には、学生服姿の浅黒い肌の少年らが倒れていた。ルイス、ミゲル、トニー。牧原家の兄弟たちで、三人とも顔は長男アイクとそっくりだった。さんざん殴打されたらしく、乱打戦に負けたボクサーみたいにコブで膨れ上がっていた。学生服のブレザーは破れ、血にまみれている。

マヤは顔をしかめた。多勢に無勢。体格はアイクと比べものにならない。結果は予想してはいたが、あまりのやられっぷりに目を見張った。

駐車場には使い古された金属バットや鉄パイプが転がっていた。それを持って、連中の巣に乗りこみ、返り討ちにされたのだろう。弟たちは足蹴にされても、意識を失っているのか、ぐったりと動かなかった。ピースメーカーの連中はへらへら笑っているが、危険な状態かもしれなかった。マヤは静かに告げる。

「リホは待ち伏せ。ユカ、突っこむよ」

マヤは猛ダッシュで駐車場内に侵入すると、手近にいたスキンヘッドの頭に飛び蹴りを喰らわせた。スキンヘッドは駐車場を囲うブロック塀に顔から激突し、塀をべっとりと血で染めながら崩れ落ちる。

マヤは着地と同時に、腰のホルスターからシースナイフを、居合い斬りのように抜きはらった。赤ジャージを着た男の顔を斜めに切り上げる。唇から鼻を経由してこめかみまで。赤いスジができたかと思うと、男の顔面をまっ赤に染めた。

三人目は、まだ事態を飲みこめずに、ボサッと立ち尽くしている短髪の男。シースナイフで太腿をズブッと突き刺した。ナイフの先端が大腿骨にまで達し、硬い手応えを感じる。赤ジャージと短髪の男は、それぞれ傷口を押さえ、アイクの弟たちの横を転がり回った。

バチンとかん高い音が鳴った。ユカの張り手を喰らったサングラス野郎が、フィギュア選手みたいに空中で回転していた。

あっという間に、四人もの男をオシャカにされ、アイクの弟を足蹴にしていた坊主頭の男は目を丸くした。残りはふたりだけだ。

「げえ、桐崎マヤ！」

坊主頭はカラテの構えを見せたが、相手がマヤとわかると、手足をガタガタと震わせた。マヤには見覚えがあった。名前は知らないが、代田白道の道場に殴りこみをかけたさい、ぶちのめした覚えがある。

マヤは、血に濡れたシースナイフの先端を、坊主頭に突きつけた。

「お前らか。くだらねえ絵図描いたの」

「え？　え？」

坊主頭は困惑した表情を見せた。マヤは再び問いただした。

「一度で理解しろ、バカ。お前らが仕組んだんだろって訊いてんだよ。アイクの家だって監視してたんだろうが」

「仕組んだとか監視とか……なんの話だよ。このガキどもが、いきなり襲ってきたんで、返り討ちにしただけだぜ」

「んなこと訊いてんじゃねえ。すっとぼけてると、お前の金玉切り落としちまうぞ」

「ま、待て。待て。なんだよ、なんなんだよ」

マヤがナイフを掲げて距離をつめると、坊主頭は尻もちをついた。

タンクトップ野郎が、二階の酒場へと走って声を張り上げた。

「助けてくれ！　今度は〝切り裂き〟が殴りこんできやがった、超やべえ！」

マヤは坊主頭を睨みつけながら、シースナイフをタンクトップに投げつけた。ナイフはやつが穿いていたジャージズボンを突き破り、尻の割れ目に深々と突き刺さった。尻にナイフを突き刺したまま、黄色い声をあげてうつ伏せに倒れた。

マヤは坊主頭につめ寄った。

「試合のことだって言ってんだよ。あたしやアイクを嵌めようとしてるだろ」

「試合って、お前とあのニガーの試合か。それがなんだって言うんだよ」

坊主頭は目に涙を溜め、ベソを掻き始めた。どうやら、なにも知らないらしい。

「あっそう」

股間を膝で蹴り上げた。玉袋がぐにゃりと潰れる感触を膝頭に感じた。坊主頭は口を大きく開け、内股になって崩れ落ちた。駐車場にいる連中を全員叩きのめしたことになる。

だが、これといった情報は得られなかった。二階のスポーツバーの雰囲気が剣呑（けんのん）なものに変わった。階段をドカドカと下りる音がする。

マヤは命じた。

「リホ！」

「ＯＫ」

リホは店の出入口で待ち構えていた。彼女の両手には催涙スプレー。オレンジ色のスパイシーな液体を、二階から下りてくるピースメーカーたち目がけてぶっかける。マヤとユカは鼻と口を覆いながら、リホのもとへと近づいた。

階段はさながらガス室のような有様だった。苦しげに咳きこみ、たまらず嘔吐する者、目の痛みに悶える者、階段を踏み外して転げ落ちる者——地面まで落ちてきたところを、リホが嬉しそうにサッカーボールキックを決める。

スカンクの一撃で苦しむ連中に声をかけた。ベルトのホルダーから、二本のダガーナイフを取り出した。

「いいかい、一度しか言わないから、耳の穴かっぽじってよく聞けよ。あの坊やをどこにやった！　今すぐ答えねえと、ここでお前らを的にダーツ大会を始めるよ！」

ダガーナイフを投げつけた。階段で苦しむ男たちの間を縫って、木製階段の蹴上げに深々と突き刺さった。ダガーナイフをクルクルと回転させながら答えを待つ。

催涙スプレーを浴びせられれば、呼吸器もやられて、なかなか声を出せなくなる。しかし、それにしてもダンマリが続いていた。まっ赤にした目で仲間同士、不可解そうに見つめ合う。

この集団には、黙秘できるほどの根性があるやつなどいない。だからこそ、徒党を組んで弱いものいじめに精を出すのだ。マヤのおそろしさは、連中も身に染みているはずだ。代表者で空手家の代田白道をも倒している。空振りだったのかもしれない……。

考えこんでいたとき、どこかで扉が閉まる音がした。

マヤはすかさず走った。再びスポーツバーの裏へと回りこむ。案の定、店の裏口からモヒカン頭の若い男が飛び出していた。ピースメーカーの一員を示す赤ジャージを着ている。裏口の階段から逃げようとしていた。

モヒカン野郎と視線がぶつかった。恐怖と後ろめたさが混じった気弱な目をしていた。直感が働く。なにか知ってる。

モヒカン野郎は階段を下りると、短距離走のランナーみたいに駐車場を走り出した。アイクの弟、マヤらにやられた仲間、どちらにも目をくれずに全力疾走する。

マヤは叫んだ。もう一本のダガーナイフを投げつける。

「止まれ！」

ダガーナイフはモヒカン野郎の右のふくらはぎに刺さった。やつはバランスを崩し、アスファルトのうえをヘッドスライディングする。顔面を派手に擦り、鼻と頬に大きな擦過傷を作った。

ポケットからスリングブレイドを取り出した。きな臭い事態となれば、半ダース以上の刃物をつねに持ち歩いている。おかげで、切り裂きマヤなる異名で呼ばれるようになった。

倒れたモヒカン男に近づいた。ダガーナイフが刺さった右足を抱え、うめき声をあげる。

「あんたらって、新撰組が好きじゃなかったっけ。仲間見捨てて逃げんのは、士道不覚悟ってやつじゃない？」

スリングブレイドの刃を、血だらけの顔に近づけた。モヒカン野郎は歯を食い縛る。

「お前、なんか知ってるだろ。坊やをどこにやった」

「し、知らねえよ。なんだそりゃ」

モヒカン野郎は首を横に振った。マヤは眉をひそめ、ハンカチをポケットから取り出した。モヒカン野郎の口に突っこむ。マヤの予想外の行動に目を剝く。

やつのふくらはぎに刺さったダガーナイフを踏みつけた。ぐりぐりと傷をえぐる。

やつの目玉が飛び出しそうなほど見開かれた。くぐもった悲鳴をあげる。

ふくらはぎからダラダラと血液があふれ、やつのコンバットブーツが血でびしょ濡れになる。

やつの口からハンカチを引き抜いた。ひいひいと悲鳴を漏らす。

「とっとと話せ。一生、歩けなくなるよ」

「許して……許して」

やつは根負けしたようにうなずいた。

「坊やの居場所は」

「し、知らねえ」

「まだ意地張るんだ」

再び足を上げた。ダガーナイフの柄を踏みつけようとしたが、モヒカン頭はあわてて喚（わめ）いた。「ち、違う、ホントに知らねえんだ。今、ケータイ渡すから。もう踏まないで」

「ああ？」

モヒカン頭は、ポケットから携帯端末を取り出し、血まみれの手でマヤに渡した。

「ちゃ、ちゃ、着信履歴を見てください」

モヒカン野郎の携帯端末を操作した。着信履歴を覗いてみた。電話番号を登録した仲間たちの名前がずらっと並んでいる。そのなかで、ひとつだけ未登録の十一桁の番号のものがあった。マヤは電話番号を読み上げて尋ねた。

「これ？」

「そ、そうです。五日前だかに、おれの銀行口座に、いきなり十万の金が振り込まれてて……その日のうちに電話がかかってきたんです。中年くらいの男の声で、あのクロ……いや牧原家の兄弟のことについていろいろ訊かれたんです」

「なんであんたに？」

「ピースメーカーのなかで、おれの役割は探索方だったから。電話をかけてきたやつは、おれが牧原家全員の動向をチェックしてたのを知ってたんだ。末っ子のことをしつこく訊かれたんです」

「なにが探索方だ。相変わらずキモいな。そんで？」

「昨夜のリカルドは……コミュニティセンターでやってるダンス教室に行ってるはずだと、電話の相手にそう伝えた。おれが関わったのはそれだけなんだよ」

「口座の振込人名義は？」

「タナカイチロウ。偽名だよ」

マヤは携帯端末をいじり、メールを覗いた。モヒカン野郎の名前は今野悠真。友人や恋人、家族に関する情報がボロボロ出てくる。ケータイをポケットにしまい、モヒカン野郎のふくらはぎに刺さったダガーナイフを引き抜いた。さらに大量の血液があふれる。

「た、助け……死んじまう」

哀願するモヒカン野郎の喉に、ダガーナイフをぴたりと当てた。

「悠真クン、助かりたかったら、あとはペラペラ喋らず、黙って療養するんだね。まちがっても、このタナカと連絡を取ろうとするなよ。あの坊やになんかあったら、お前の恋人も、パパもママも皆殺しにしてやるからね」

モヒカン野郎は首をガクガクと縦に振った。マヤはその顎にキックを見舞って失神させた。

まともに起きているのは、マヤたちだけだった。リホは催涙スプレーでもがき苦しんでいる輩を、ひとり残らず蹴り潰してしまったようだ。アイクの弟たちも、息はあるがぐったりしている。ユカに救急車を呼ぶよう命じると、マヤたちはバイクでその場を立ち去った。タナカなる男と携帯番号。大暴れしたわりには、得た情報は少なかった。

タンデムシートに乗った。夜風に吹かれながら、マヤは爪を噛んで、次の方法を考えた。

5　ファック・ザ・ポリス

牛肉の焼けるいい香りが漂う。

仙台牛のサーロインステーキが、大きな鉄板皿に載って運ばれてきた。1ポンド。約450グラムの肉の塊がテーブルに並べられる。血のしたたるレアが、マヤの好みだった。

ステーキは二人前でオーダーしていた。もうひと皿が、対面（トイメン）に座る男の前に置かれた。極上ステーキにありつけるというのに、露骨に不機嫌そうな表情をしていた。

マヤはナイフとフォークで切り分けた。なんの抵抗もなく、肉がすっと切れる。口に放りこむと、ろくに嚙まずとも、口内でとろっと消えていく。最高の味だ。

ナイフを振って相手に勧めた。

「食べなよ。せっかくの高級ステーキが冷めちゃうよ」

相手の男はしぶしぶ食器を手にした。表情は苦々しいままだ。食事の相手が、天敵である不良女なのだ。にこやかに過ごせないのも当然といえた。マヤだって、本当は相手になんかしたくない。

対面にいるのは、テーザー篠原だ。かつては仙台署の名物刑事だった。電極発射式のテーザー銃を使って、のべつまくなしに不良を感電させることから、その名がついた。刑事だったころは、なにかとマヤをつけ狙ってきたものだが、その彼女絡みの事件でポカをやらかし、田舎の交番へと飛ばされてしまった。

獅子舞のお獅子さまみたいなごついツラの警官で、1ポンドの巨大ステーキをも、簡単にたいらげそうな身体つきをしている。じっさい、肉を切り分けると、次々に口へと放りこんでいった。

恩着せがましく言った。

「うまいだろ。勘定はあたしが持つから、遠慮なく食べてよ」

「ズベ公の奢り(おご)なんざまっぴらだ。冗談じゃねえ」

篠原は、肉を噛みながら睨みつけてくる。マヤはニヤリと笑った。彼の性格は変わっていない。県警には腐ったおまわりが山ほどいる。いすぎると言ってもいい。そのなかで、融通の利かない石頭として、悪党たちからは煙たがられている。

「それより、なんでおれを呼びつけた」

「頼みごとがあるんだよ、警部補さん」

篠原のこめかみに血管が浮かぶ。ナプキンを投げ捨て立ち上がった。マヤをじっと見下ろすと、考え直したかのように、再び腰を下ろした。

「明日の試合絡みだろう」

「あれ……よく知ってるね。非合法な試合なのに。あんたも賭けにくわわってるの？」

篠原は顔をぐっと近づけた。

「なめた口利いてんじゃねえぞ、クソガキ。今すぐしょっ引いて、明日の試合に出られなくしてやろうか」

「落ち着いて」

マヤは携帯端末を取り出した。液晶画面を彼に見せる。彼は息をつまらせた。顔を赤らめ、目をそらせた。液晶画面には、篠原の女装姿が写っている。

「よせってんだよ」

四か月前、繁華街の街娼たちが次々に姿を消す事件が発生した。手柄を立てようと必死だった篠原は、なにを思ったのか、真紅のナイトドレスを着用し、カフェオレ色のウィッグをかぶって、ひとりで囮捜査を展開していた。街娼に化けたというより、ほとんど怪奇派のプロレスラーのようだった。

同じく行方不明となった街娼たちを見つけるために奔走していたマヤは、あまりにあんまりな姿の篠原にあきれ返ったが、すぐに携帯端末のカメラ機能を作動させ、女に化けた篠原の写真を撮りまくった。あとになってから、篠原自身も正気に返ったらしく、あの日の囮捜査を死ぬほど後悔している様子だった。

篠原は、マヤに脅し文句を吐いているが、負け犬の遠吠えみたいなものだ。写真があるかぎり、マヤのほうが有利な立場にある。だからこそ、仙台駅近くのステーキハウスに呼びつけると、彼はのこのことやって来たのだ。

ふたりとも、あっという間にステーキをたいらげた。ナプキンで口を拭いてから切り出した。

「あたしはあんたの根性を気に入ってる。あの女装姿に本物の刑事（デカ）魂を感じたんだよ」

「ふざけんな。さんざんコケにしておいて、県警本部（ホンブ）や署に送りつけると、脅しかけてんのはどこの誰だ」

「だからさ。取り引きしようよ。ホントはさ、あんたのあの姿にアート性さえ感じてるくらいだから、一生大事に持っておきたいんだけど、一枚残らず抹消する。バカにしたりもしない。だからひとつだけ、やってほしいことがあるの」

篠原は冷えた目を向けてきた。

「……とりあえず聞かせろ」

マヤは、一枚のメモ用紙をテーブルに置いた。モヒカン頭から得た電話番号が記されている。タナカイチロウの名前を添えて。篠原はメモ用紙に目を落とす。

「これは?」

「ケータイの番号」

「見りゃわかる。タナカってのは誰だ」

首を横に振った。

「あれこれ詮索するのはなし。とにかく、このケータイの持ち主の居場所を調べてほしいの。うまく行ったら、その時点できれいさっぱり、あんたの写真は消去する」

篠原はメモ用紙をつまんだ。マヤとメモ用紙を交互に見つめ、考えこむように顎をなでる。

「深夜に、アイク牧原の弟と、ピースメーカーのクズどもが揉めたらしいな。どっちもひでえ目に遭ってたが、クズどものほうは、鋭利な刃物で切り裂かれてたらしい。今、署の連中が訊きこんでるが、全員揃ってダンマリを決めこんでやがる」

「……」

「重要な試合を明日に控え、天敵のおまわりさんにまで声をかけて、謎の人物を探し当ててくれと頼む……よっぽど追いつめられてるようだな。手下でも拉致られて、〝転べ〟とでも脅されたか」

「詮索すんなって言ってるだろ」

マヤはポーカーフェイスを保った。しかし、内心ではひやりとしていた。テーザー銃をぶっ放すだけしか能のない、猪突猛進のバカとばかり思っていた。

「ふん」

篠原はメモ用紙をスーツのポケットに入れた。マヤは訊いた。

「やってくれるの？」

「ステーキ食ったってのに顔色が悪いぞ。変な試合でもしでかして、ケガでもされちゃ目も当てられねえ。おれがブタ箱にぶちこむまで、お前はヘルシーでいてくれなきゃ困る」

彼は席から立ち上がった。爪楊枝をくわえ、店から去ろうとする。

「早く刑事に戻れることを祈ってるよ」

マヤは彼の背中に声をかけた。

6　ビート・イット

「うげっ」

痛烈なボディブローを喰らう。マヤの身体がくの字に折れ、マウスピースを吐きだした。

アイクは右アッパーを繰り出してきた。いくら弟の命がかかってるからって。あまりに容赦がない。

「痛えよ！」

マヤはカウンターで左フックを放った。マヤのパンチが頬にクリーンヒットし、アイクの首がねじれた。

しかし、彼はすぐに向き直り、マヤにジャブとローキックのコンビネーションを叩きこんできた。太腿がビリビリと痺れる。ボディと下半身の攻撃で、マヤのスピードが奪われつつある。

アイクが右ストレートを打とうとしたそのとき、3ラウンド終了を告げるブザーが鳴った。レフェリーがふたりの間に割って入る。吐きだしたマウスピースを手渡された。

試合は5分5ラウンド制だが、終わりまで立っていられる自信はなかった。1ラウンドから、ひたすら前のめりなファイトを繰り広げるふたりに、なにも知らない観客たちは声援を送っている。

自陣のコーナーへと戻った。セコンドについた手下たちが丸椅子を用意する。カチワリ氷の袋を持ったリホに尋ねる。

「連絡は？」

リホは、マヤの顔に氷をあてながら、暗い顔をして首を振った。肩で息をしながらうめいた。

「あのクソ警官（ポリ）、やっぱ全然使えねえじゃねえかよ」

篠原とは、試合直前まで連絡を取りあった。しかし、メモに書かれたケータイは、ずっと電源が入っていないらしく、持ち主の居場所を突き止められずにいるという。

「ちきしょうが」

ワセリンを塗りたくられながら観客席を見回した。どこかに嵌めた野郎が、観戦しているのかもしれない。そう思うと、ただでさえ火照った顔が、さらに熱くなる。

腰かけているアイクを睨んだ。やつもダメージを負っている。攻め疲れを起こしてスピードがのろくなった。何発もマヤの蹴りを顔や腹に喰らっているが、まだ目には鋭い光があった。おそらく関節技で骨を外されても、殴打されてポッキリ折られたとしても、ギブアップすることはないだろう。頭を思いきり蹴とばすか、もう一個の金玉を潰すか。意識を丸ごと刈り取らないかぎり、攻撃の手を緩めたりはしないだろう。

エレナにも連絡を取ったが、やはりリカルドは未だに行方不明のままだという。

エレナは電話で言いかけていた。

――マヤさん……あ、あの。

――なに。

――……やっぱり、なんでもないです。

聞き返さなくともわかった。負けてくれないか。そう言いかけたのだ。

第4ラウンドのブザーが鳴った。マヤはマウスピースを嚙みしめる。

できるかぎりのことはやった。自分に言い聞かせる。でも、いちいち情に流されたら、対戦相手になにかあるたびに、負けなければならなくなる。それは地下格闘技だけの話に限らない。この街で生き残れなくなる。

情は弱さに直結する。すでにマヤの手は血塗られているのだ。立ちはだかる相手の鼻や耳を削ぎ落とし、あるいは男性器を潰し、あるときは命さえも奪っている。人殺しのうえ、殺した人間の数も忘れてしまった。今さら人命救助もへったくれもない。リカルドや牧原家の事情は、きれいさっぱり忘れなければならない。

両手のグローブを叩き合わせると、マットの中央へと進んだ。アイクがダッシュして、いきなりコンビネーションを打ってきた。ワン、ツー、スリー、フォー。四連続のパンチが、マヤの顔面と肝臓と胃袋を狙ってきた。2ラウンドのときと同じ動きだ。次に来るのはローキック……。

予想はどんぴしゃ。アイクは右脚を振り上げ、マヤの太腿を蹴ろうとした。マヤはジャンプした。彼のローキックをかわし、飛び膝蹴りを見舞う。

膝頭がアイクの眉間に衝突した。膝の骨がきしむほどの一撃だった。アイクの眉間が割れ、顔が血で濡れる。彼が後ろによろける。客席がどよめく。

さらに手刀を喉に叩きこんだ。指先がアイクの顎に突き刺さる。さらにアイクの脚がよろけ、彼の背中が金網にぶつかる。ガードが下がる。ノックアウトのチャンスだった。

マヤは拳を握った。眉間を割られたアイクの顔面は血に染まり、彼は苦悶の表情を浮かべている。わずかな一瞬、マヤは考えた。がら空きの顔面にストレートを叩きこめば、おそらくアイクは倒れるだろう。

でも、打てば——。リカルドの歌声とジャクソン5の曲。

「マヤさん！」

セコンドのリホが怒鳴る。

「あ……」

マヤは右ストレートを放ってはいた。ひどい大振り。おまけにスピードも乗っていない。

アイクがしゃがみこんで、右ストレートをかわした。マヤの拳がアフロヘアーに触れたとき、マヤは顎に衝撃を受けた。

アイクのアッパーカットをまともに浴びた。その事実を理解したとき、マヤはマットに倒れ、天井のライトを見つめていた。まるで太陽のようにまぶしい。ぷつりと意識が途切れ、目の前がまっ暗になった。

7　ブリング・ザ・ノイズ

気づいたときは医務室にいた。

簡易ベッドに横たわるマヤを、手下たちが深刻な顔で見つめている。涙で顔をぐしゃぐしゃにしているやつもいる。まるで葬式のようだった。

「うご……」

しけたツラしてんじゃねえよ。仲間らに声をかけようとしたが、顎に激痛が走る。

全身が痛かったが、とりわけフィニッシュブローを浴びた顎と、ローキックを喰らった太腿がひどかった。骨まではいかれてはいない……と信じたいが、当分はゼリーやお粥に頼る食生活になりそうだった。

完敗だった。みっともないくらいの。鬼だのウォーリアーだのと言われてるくせに、決めの右ストレートをためらった。ルール無用の地下格闘技では致命的だ。自分にそんな弱さがあったとは。

「マヤさん、電話ですが……出れますか」

リホが、おずおずと携帯端末を差し出してきた。マヤはゆっくりと顎を動かして訊いた。

「なに？」

「テーザーからです」

マヤは携帯端末を奪い取った。耳に当てると、愉快そうな笑い声が耳に届いた。

〈おめでとさん。お前らふたり、今夜の〝ファイト・オブ・ザ・ナイト〟に選ばれたらしいな。見事な戦いぶりだった〉

「うぐ……」

頭に血が上り、頭痛がよりひどくなる。目の前にいたら、飛びかかっていたところだ。顎の痛みをこらえて言った。

「あんたなんかに頼んだのを悔やんでたとこだよ。一生、ド田舎の交番にでも勤めてろ」

口内を派手に切ったらしく、喋るたびに血が飛散した。携帯端末のスピーカーが赤く汚れる。

〈急いで調べろとは言われたが、『試合前までに』とは聞いてねえ〉

「これ以上、おもしろい口利くと、あんたのマル秘画像を、世界中にばら撒くよ」

〈待てよ。お前を少しは見直したところだ。もし、アイクをKOしてたら、おれはお前を許せずにいただろう〉

「あんた、リカルドが拉致られたのを知ってたの？」

〈そうか……さらわれたのは、アイクんところの末っ子だったわけか。お前のファイトが変にギクシャクしてたのも、アイクの野郎がいつになくハッスルした理由もこれでわかったぞ〉

マヤは舌打ちした。つまらない引っかけにかかってしまった。アイクにもやられ、篠原なんぞに考えを読まれてしまう。厄払いでもしたほうがいいかもしれない。

「覚悟しとけよ。画像もとびきり加工をくわえたうえで撒いてやるからね」

〈ちょうど居場所なら見つけたとこだ。たった今な。調査対象者のケータイに電源が入った。どうやら通話中のようだな〉

マヤはむくっと起き上がった。痛みにくわえて、ひどい目まいもする。

「どこ」

〈すぐ近くだ。お前らがいるゼルダ仙台から一キロと離れちゃいない。スタジアムの駐車場だ〉

「マジかよ――」

そのとき、廊下のほうから怒号が聞こえた。

「ふざけるな！　約束と違うじゃないか！　おれは勝ってみせたぞ！」

アイクの声だった。マヤはベッドから降りた。だいぶ脳みそを揺さぶられたらしく、視界がぐにゃぐにゃと揺れる。足をひきずりながら医務室を出た。

ガウンを着たアイクが、ひとりでケータイに向かって怒鳴っていた。

「弟を早く放せ！　てめえら、ひとり残らずぶちのめしてやる」

勝者のわりには、ひどいツラ構えだった。眉間にはガーゼが貼られ、唇がズタズタに切れている。頬もデコボコだ。勝者のアイクがこうなのだ。まだ鏡を見ていないが、マヤもおそろしい顔になっているだろう。

「おい待て。おい！」

アイクはケータイに向かって吠えた。だが、相手に切られたのだろう。ケータイを床に叩きつけると、その場でしゃがみこみ、すすり泣いた。勝者の輝きはまったく見られない。

「リカルド……」

アイクの様子から、事態がおおむね理解できた。

犯人側はアイクに〝二度嚙み〟するつもりなのだろう。これも誘拐や脅しにはつねについてまわる悪党のやり口だ。八百長試合だけではなく、選手のファイトマネーまで巻き上げようとする。

マヤはアイクの肩に手を置いた。アイクは涙で濡れた顔をあげる。

「マヤ……」

彼に微笑みかけた。

「まだウォーミングアップが終わったばかりだよ。本番はこれから。行こう」

「やつらを知ってるのか？」

試合着のままだったが、そのうえからナイフ入りのベルトを巻いた。

「たった今ね」

8　ノー・シェルター

ドゥカティの運転は難しかった。

頭がまだふらついている。それほど距離はないとはいえ、平衡感覚があやしかった。ときおり、センターラインを越えてしまい、罵声とクラクションを浴びせられる。

タンデムシートのアイクが訊いてくる。

「誰から聞いた。リカルドのことを。エレナか、弟たちか」

「どうでもいいじゃん」

「よくない。これはおれの問題だ、お前には知られたくなかった」

「知ったところで、あたしはなにも変わってない。真剣勝負で挑んだつもりだけど？」

「嘘だ。お前は最後に――」

「言い争いはあとにしようよ。着くよ」

榴岡の野球場に近づく。今日は試合がないため、広大な駐車場には車がほとんどない。まっ平なコンクリートの地面が広がっている。

そのなかで、エンジンを駆けっ放しにしたSUVが停まっていた。車内灯を消しているが、ケータイやラップトップの画面が、車内をぼんやりと照らしている。ドゥカティのライトをハイビームにして照らした。アイクが絶叫する。

「リカルド！」

SUVにはアジア系らしき男たちが乗っていた。後部座席に、ひとり肌の色が異なる子供がいた。猿ぐつわをされたリカルドだ。

「飛び降りて」

アイクはドゥカティから離れて地面を転がった。マヤはアクセルグリップを回した。ドゥカティが白煙をあげ、猛スピードで突っ走る。全身に痛みが走るなか、気合の声をあげて、ドゥカティの前輪を持ち上げる。

ウイリー走行でSUVへと突進した。衝突する寸前に、マヤはシートから飛び降りる。太腿に力が入らず、コンクリの地面に尻もちをつく。

ドゥカティの前輪が、運転席のサイドウィンドウを突き破り、運転手を助手席のドアまで弾き飛ばした。

「て、て、てめえら！」

SUVからぞろぞろと四人もの男たちが降りる。「なんでここが!」

タンクトップやTシャツ姿で、それぞれ腕にはドラゴンのタトゥーを彫っていた。龍星軍(りゅうせいぐん)のメンバーを示す刺青だ。中国系を中心としたアジア系の不良グループだ。房のついた青龍刀を、鞘から抜きはらった。マヤは言った。

「お前らこそ、いい度胸じゃないの。あたしらを嵌めるなんて。大胆にもほどがあるよ」

リーダー格らしい口ヒゲの男が呼びかけた。

「相手はボコボコのケガ人だ。やっちまえ!」

号令をかけた瞬間、メンバーのひとりが吹き飛んだ。アイクの素手の右ストレートを顔面に叩きこまれた。そいつは、三メートルほど吹き飛んだ。バラバラと小石のようなものが散らばる。四、五本の歯をへし折られていた。

タンクトップの男が、マヤに青龍刀を振り下ろした。身体はたしかにボコボコだ。思うようには動かない。しかし、アイクとの試合のあとでは、青龍刀の速度はハエが止まりそうなほど遅かった。半身になってかわし、ベルトのシースナイフの柄を握り、居合い斬りで相手を切りつけた。

タンクトップの男は青龍刀を取り落とした。数本の指とともに。ウインナーみたいな指が落ちた。絶叫しながら両手を抱え、地面をゴロゴロと転がる。

三人目はアイクが仕留めた。マヤを眠らせた強烈なアッパーがヒットし、青龍刀を持った男が空中に浮かんでいた。そいつはバックドロップでも喰らったかのように、後頭部をぐしゃりと地面に打ちつけた。

顔を青ざめさせた口ヒゲの男は、SUVの後部座席に駆け寄り、リカルドを引っ張り出した。リカルドは猿ぐつわをされ、憔悴しきった様子だった。さんざん泣き喚いたらしく、目や瞼がまっ赤だった。

口ヒゲの男は、リカルドを抱きかかえると、彼の喉元に青龍刀を突きつけた。唾を飛ばして叫ぶ。

「近寄るんじゃねえ。ガキの喉を裂かれてえか！」

「うっせえ！」

シースナイフを投げつけた。刃は口ヒゲの男の股間に突き刺さった。口ヒゲの男はリカルドと青龍刀を取り落とし、情けない声をあげながらへたりこんだ。

「もうお前らとのゲームには飽き飽きしてるし、ゲロが出そうなほどムカムカしてんだよ」

マヤは大股で近づいた。口ヒゲの男は悲鳴をあげる。

「あう……おれのチンポコが」

マヤは、股間に刺さったシースナイフの柄を踏んだ。刃がさらにずぶっと刺さる。

ロヒゲの男が絶叫する。

「わからない点がひとつあるんだよね。リカルドをさらっておいて、アイクに勝てって命じたのはなんで？　八百長にならないよね。どういうつもりだったの？」

ロヒゲの男はそれどころではなさそうだった。股間の痛みと格闘している。これ見よがしに足を振り上げた。もう一度、シースナイフの柄を踏もうとする。ロヒゲの男が勢いよく喋り出した。

「勘弁してください……おれだって知らねえっす。変な指示だとは思ったけど、雇い主がそうやれと言うんだから」

「誰よ」

ロヒゲの男のお喋りが止まった。

「そ、それは……」

シースナイフの柄を踏もうとしたときだった。銃声がした。銃弾がマヤの側を通過し、ロヒゲの男の額に当たった。血煙があがり、後頭部が吹き飛んだ。

「おれだよ。雇い主は」

マヤたちは振り返った。自動拳銃を持った小此木が立っていた。アイクが目を見開く。

「トレーナー……」

「計画がだいぶ狂っちまった」

マヤは小此木を睨みつけた。彼の登場ですべてが理解できた。

「なるほど……あたしもアイクも、みんなまとめて嵌める気だったってわけね」

小此木は銃口をマヤに向ける。

「おれは言ったよな。お前は戦いとなれば鬼になれると。ありゃ嘘だ」

「ああ？」

「格闘技のトレーナーなんかやってるとわかるもんさ。本当に非情な鬼になれるやつと、そうでないやつ。お前らふたりとも後者だよ。情にほだされる甘ちゃんの負け犬だ。アイクの窮状を訴えたら、案の定、試合でお前はあのざまだ」

マヤは黙ってやつの言葉に耳を傾けた。たしかにそうだ。試合前に右往左往したあげく、試合では必殺の一撃をくわえられなかった。リカルドの存在がずっと頭にあった。アイクは悲しげな顔で訊いた。

「小此木さん……なんで」

「それがなあ。地下カジノで大損しちまってな。ヤバいところからも金をつまんじまって。でかい金作らねえと、明日にでもヤクザに身体をバラバラにされちまうんだよ」

マヤは肩をすくめた。

「いやはや、立派すぎる動機で泣けてくるわ」

「アイディアは秀逸だろう」

「そうね。あたしの手下はさらいにくいけど、アイクの弟なら手を出しやすい。アイクに賭けて、試合にも勝てて、ついでにファイトマネーも奪う。一石三鳥だもんね」

アイクが拳を振り上げる。

「ふざけやがって」

小此木は自動拳銃をアイクに向けた。

「おっと動くな、アイク。黙って従ってりゃ、弟もお前も無事に生きて帰れたのにな。事実を知った以上は帰すわけにいかねえ」

「やれやれ」

マヤは深々とため息をついた。「今回はいい教訓になったよ。切り裂きマヤなんて渾名つけられてさ。調子こいてた。甘ちゃんだったよね。気づかせてくれてありがとう、小此木さん」

マヤは笑いかけた。小此木は不思議そうに眉をひそめたが、同じく笑いかけてきた。

「そりゃよかった。地獄で役に立てろ」

小此木は、再びマヤに銃口を向け、トリガーを引こうとした。

「うぎゃ！」

だが、その前に小此木が悲鳴をあげた。

自動拳銃を取り落とし、全身をブルブルと震わせ、前のめりになって地面に倒れた。五十万ボルトの電流を浴びせられ、ぴくぴくと痙攣をしている。

篠原が背後から近づき、テーザー銃を撃っていた。彼は、泡を噴いている小此木に言い放った。

「殺人、銃刀法違反、誘拐。その他もろもろの現行犯で逮捕だ、この野郎」

篠原は、小此木の両腕を後ろに回して手錠を嵌めた。忍び足で小此木に近寄る姿は、なかなかのものだった。マヤは言った。

「大手柄よ、おまわりさん。これで刑事復帰まちがいなしね」

篠原は口を歪めた。倒れた誘拐犯たちを見下ろす。

「ついでにお前らも傷害で逮捕だ。いくらなんでも、やりすぎだ」

「マジ?」

篠原は、死体となった口ヒゲの男に近づいた。股間に刺さったシースナイフを引き抜き、マヤに手渡して言った。

「……と言いたいところだが、凶悪犯逮捕の協力者ってことにしといてやる。今回だけだ。首を洗って待ってろよ、マヤ。いずれブタ箱に放りこんでやる」

「上等だよ」

複数のサイレンの音がした。数台のパトカーが向かってくる。リカルドを抱きかかえるアイクに指を差した。

「あんたもだよ。首を洗って待ってな。今度こそ、誰にも邪魔されずにやり合おうよ」

「ああ。いつでも受けて立つさ」

アイクは涙で顔を濡らし、何度もうなずいた。マヤは笑ってみせる。

しかし、まずは鏡だ。鏡を見なければならない。

わらわらと集まってくる制服警官たちは、どいつもこいつもマヤの顔を見て、驚いたように目を剝いていた。

インタビュー5

お前、おれの話をちゃんと聞いてたのか。

浜通りじゃねえよ。大震災って……こっちの話だと思ってたのか？　ずいぶん、おめでたい頭してるな。東日本じゃねえよ。あれは２０１１年だろう。南海トラフのほうさ。２０ＸＸ年に起きた。

あいつの故郷は静岡の御前崎（おまえざき）。あそこにもあっただろう。アレが。けっきょくアレがナニしちまって、東海も関西もえらいことになったから、こっちに人が流れてきたんじゃねえか。

昔、さんざん「頑張ろう、東北」なんて言われたもんだ。今じゃ西のほうがもっと大変だ。いろんなことが起きるもんだよ、まったく。世のなかが荒れるのも当然だろうよ。

あとがきに代えて　暴力小説作家の二十年

1　プロ意識などないまま

第三回『このミス』大賞を獲った私はやる気に満ちていた。

今からちょうど二十年前。二〇〇四年の初秋のことで、世の中の関心はイチローのMLB最多安打記録更新に集まっていた。宝島社の編集局長から「イチローのように飛躍してね」と励まされたものだ。私は世間知らずで鼻息だけは荒い二十八歳の小僧だった。

同時受賞した水原秀策（みずはらしゅうさく）氏と賞金の一二〇〇万円を分け合う形となったが、出版業界はまだまだ元気があり、刷り部数もえらく強気だった。賞金と印税と合わせて、約一〇〇〇万円ものカネがゴロッと転がりこんできたのだ。

根がまじめだった私は「勝って兜（かぶと）の緒を締めよ」と、自分に言い聞かせ、それらのカネにはほとんど手をつけなかった。山形の実家の狭い六畳間に留（とど）まって、安いカローラに乗っては、地味なサラリーマン生活をそのまま続けつつ、すぐに二作目の構想に取り組んだ。

デビュー作の『果てしなき渇き』は、けっきょくのところ後に映画化され、また宝島社の営業力のおかげで、未だに私の最大のヒット作であり続けている。

体言止めをやたら多用し、精一杯背伸びしてノワール風に仕上げたこの作品は、個人的な恨みつらみをこめた私小説でもあった。

十代に学校で味わった屈辱や、明るかったとはいえない青春時代に対する恨み、大酒かっくらっては怒声を上げて理不尽に暴れる中年時代の父に抱いた恐怖（銀行員なんて仕事をしていたら暴れたくなるのもわかるが）、社会にうまく溶けこめていない当時の自分への苛立ちを盛りこんだものだった。

「読者を愉しませたい！」というポジティブな精神より、「えへへ、おれの股間を見てちょうだいよ」という変質者じみたメンタルに近い。読んでて嫌になるエログロ表現、えらく共感しづらい登場人物たち、イジメにＤＶに児童ポルノなどなど、読者がうんざりしそうな社会問題を率先して取り入れていた。おかげで嫌がらせみたいな長編小説になった。

セールスこそよかったものの、そんなわけで評価は散々だった。二作目こそちゃんとやらなきゃと気合を入れ直したが、なにをしていいのかわからなかった。

いわばヘタクソな演奏と暴力的な振る舞いでオーディエンスを辟易させる三流パンクバンドが、うっかりメジャーデビューしてしまったようなものかもしれない。社会に対して訴えたいことは山ほどあったが、それをキチンと聴いてもらえるような技術や頭脳は持ち合わせていなかったのだ。

2　崖っぷち

宝島社とは三冊書く契約を結んでいたので、サラリーマン勤めを終えると、すぐに家に帰って食事を済ませ、パソコンに向かって執筆する日々が続いた。

それなりに訴えたいことは山ほどあったが、ああいう形でデビューした以上、暴力や犯罪をテーマにした小説しかないと決めた。

自分の暗かった青春時代を振り返り、アメリカで社会問題となっていたスクールシューティングを絡めるという青春小説『ヒステリック・サバイバー』を二作目に、三作目は青春暴走映画のカルト的名作『狂い咲きサンダーロード』へのオマージュとして、『東京デッドクルージング』（文庫化の際に『デッドクルージング』に改題）を書いた。どちらも「どうせこの先、日本はろくなことがねえ！」という怒りや恨みをこめた。

怒りや恨みは作品を書くうえで重要な要素ではあるが、人様からゼニをいただいて読んでもらうわけだから、あれこれとテクニックを駆使しなければならないはずだった。

にもかかわらず、私はひとりよがりなままだった。一作目のころと同じく、読者に中指を突き立てるかのようにむやみに挑発的で、青臭い主張と個人的な憎しみをぶつけていた。ごく一部の書評家から評価してもらっていたけれど、そんな調子だったので、刊行された当時は売れず、ろくに注目もされなかった。やばいことになっていた。

3　もうダメだ

三作目を刊行した時点で、新人賞受賞からあっという間に五年が経っていた。

サラリーマン仕事と執筆に忙しく、賞金や印税にはほとんど手をつけてなかったので、貯金だけは二〇〇〇万円を超えていた。だが、五年もかけて三作しか出ていないうえ、売れていたのは『このミス』大賞受賞作の文庫本のみだった。

「ここで勝負しなければ消える！」という強い焦りがあり、会社を辞めて小学館と書き下ろしの小説に取り組んだ。地元山形を舞台にしたダークサスペンスだったが、私の進歩のなさは相変わらずだった。共感を得づらいキャラクター、地元を腐すような表現、ギクシャクとした物語と、三重苦な内容だった。

けっきょく二年もの月日を費やして五回くらい改稿したけれど、小学館から「すみません、これは出せません」と引導を渡された。当然の結果ではあったし、小学館にはなんの恨みもないが、あのときは奈落の底に突き落とされたような気分になった。

本も出せなければ、連載の依頼もない。二〇〇九年の年収は数十万程度で、もはや小説家というより無職のおっさんと化していた。

「やばい、やばい。もうダメだ」

イオンのPBブランドの安いチューハイを飲みながら、田舎町でガタガタひとり震えていた。人生でもっとも最悪な時期だ。

頼みの綱は書き下ろしの依頼をくれた幻冬舎だった。個人的な恨みつらみや自分史はもういい。大好きだった香港（ホンコン）ノワール映画や東映実録ヤクザものみたいな血湧き肉躍る娯楽アクションをやろうと決め、潜入捜査モノの『ダブル』を二〇一〇年に上梓（じょうし）した。さほど売れたわけではなかったが、その年の『このミス』にランクイン（しょうもない順位だったが）して首の皮一枚つながった。

ねぎらいとして米沢（よねざわ）牛のバカ高いすき焼きを奢（おご）ってもらい、どうにか生きた心地がしたのを覚えている。

4　売れっ子

翌年は人生の転機となった。

東日本大震災が発生し、前日まで岩手の港町や宮城の松島（まつしま）をほっつき歩いていたため、危うく津波に呑（の）みこまれるところだった。命拾いしたうえ、ようやくヒット作にめぐまれた。一匹狼（おおかみ）の女刑事モノの『アウトバーン』で、幻冬舎の強いプッシュもあり、飛ぶように売れた。主人公の八神瑛子（やがみえいこ）は私の救いの女神となってくれた。蜘蛛（くも）の糸を必死によじ登り、ようやく地獄から這（は）い上がれたような気分になった。

同作品は米倉涼子主演で二時間ドラマも作られた。岩下志麻や寺島進が助演という、ヤクザ映画好きにはたまらぬ豪華キャストだったが、肝心な内容はおにぎりに生クリームをぶっかけたような奇妙なデキだった。とはいえ、本の売り上げに大いに貢献してくれた。

今まで全然見向きもしてくれなかった出版社が、それこそ続々と声をかけてくれるようになった（「前々から注目はしていたんですけどね、テヘヘ」という感じで）。

文芸誌で連載してくれと、依頼も次々に舞いこんだ。書き下ろしばかりやってた下っ端作家にとってはありがたい話で、それらをのきなみ引き受けたため、四つの作品を同時に執筆しなきゃならない羽目になった。

デビュー作の映画化の話まで来て、年収は数千万円になっていた。高級クラブでドンペリを抜き、毎日パーティー三昧で若い愛人も作り……というようなことにはならず、今度は締め切り地獄に追われ、盆も正月もない生活に陥った。キャラクターの名前を取り違え、「誰ですか、このキャラ」と編集者に突っこまれたり、どれがどの話だか私自身が管理できなくなるなど、何年も混乱の日々が続いた。

本来なら家庭でも持ち、孫の顔を見せて親孝行のひとつでもすべきだったが、猛烈なスピードで三十代が過ぎ去った。うまく行ったと手応えを感じる作品もあれば、「筆が荒れた……」と猛省するしかない作品もあった。

5　マイウェイ

人間は年を取るにつれて総じて丸くなるという。うっかり魔が差して、自分の名前をネットでエゴサし、「深町秋生もおとなしくなった」「つまらなくなった」といったような書き込みを見て、「なんだと、この野郎。殺してやる！」と、憤ったりしているのだが、同時に、そう思う人がいても仕方ないと思うようになった。

この世を呪っていた二十八歳の小僧も、今年で四十八歳のアラフィフおじさんになった。その二十年間でいくつかのルールを設けた。わざわざゼニを出して買っていただいた読者に対し、むやみやたらと中指突き立てて不快な思いをさせない（やるなら細心の注意を払うともいう）。自己主張をしたければ、登場人物の魅力を描き、物語をしっかり展開させたうえで隠し味のように潜ませる。かつてのような浅い考えを開陳せず、熟慮に熟慮を重ねたうえで書く……といったものだ。

おかげで作品の質はずっと向上している……はずだ。文学賞とはあまり縁がないけれど、二〇一七年の『ヘルドッグス　地獄の犬たち』は新たな代表作となって映画化もされた。今年二〇二三年に刊行された『探偵は田園をゆく』は、自分でも褒めたくなるような出来になった。たぶん、もっともっといい物語を紡げるだろう。そう素直に思えるほどの自信もついた。

機材の破壊や脱糞とかを繰り返していた三流パンクバンドが、音楽と真剣に向き合うようになり、人格的にも成長して、人様に一目置かれる音楽をようやく奏でられるようになったというべきか。

で、本書『ジャックナイフ・ガール』は、そういった意味ではまだ脱糞パフォーマンスとかをしていたころの作品だ。

アクション活劇を愉しんでもらいたいという娯楽精神に満ちあふれているが、読者を煽るような青臭い描写もある。今回読み返したけれども、「なんで、そんなことを」と、まあまあ呆れた。

しかし、怖い物知らずな若さもある。青春時代の仕事であって、もう今の自分には書けないだろう。青春特有の痛々しさや刺々しさが残る愛おしい作品だ。

二〇二三年八月

深町秋生

本書は、2014年に小社より刊行した宝島社文庫『ジャックナイフ・ガール　桐崎マヤの疾走』の新装版です。この物語はフィクションです。作中に同一の名称があった場合でも、実在する人物・団体等とは一切関係ありません。

宝島社文庫

新装版　ジャックナイフ・ガール
（しんそうばん　じゃっくないふ・がーる）

2023年10月19日　第1刷発行

著　者　深町秋生
発行人　蓮見清一
発行所　株式会社 宝島社
〒102-8388　東京都千代田区一番町25番地
電話：営業 03(3234)4621／編集 03(3239)0599
https://tkj.jp
印刷・製本　中央精版印刷株式会社

First published 2014 by Takarajimasha,Inc.
ISBN 978-4-299-04715-1